I0613580

COLLECTION

DE

PETITS CLASSIQUES
FRANÇOIS.

IMPRIMERIE DE JULES DIDOT AINÉ,
IMPRIMEUR DU ROI,
Rue du Pont-de-Lodi, n° 6.

CETTE COLLECTION
EST IMPRIMÉE A 500 EXEMPLAIRES
AUX FRAIS
ET PAR LES SOINS
DE CHARLES NODIER ET N. DELANGLE
AVEC LES CARACTÈRES
DE
JULES DIDOT AÎNÉ

OEUVRES

CHOISIES

DE SARRAZIN.

PARIS

N. DELANGLE, ÉDITEUR,

RUE DU BATTOIR, Nº XIX.

M. DCCC. XXVI.

NOTICE

SUR SARRAZIN.

Jean-François Sarrazin naquit vers 1603, au village d'Hermanville, près de Caen.

Un esprit facile, élégant, varié; un goût délicat et fin qui l'a mis à l'abri des erreurs de jugement de son plus ingénieux émule; une instruction saine et solide, même pour l'époque exigeante où il vivoit, tels étoient les titres qui le signaloient aux espérances du grand siècle. Préoccupé par l'amour et par le plaisir, il ne put suffire à toutes ces promesses, ou plutôt il ne s'occupa jamais d'en accomplir aucune. Ses travaux se bornèrent à des jeux, ses succès aux chances d'un hasard tout-à-fait inattendu; et quand un chef-d'œuvre, qui rappeloit les anciens, parut presque entièrement éclos sous sa plume, il oublia de le finir. Pour comble de malheur, il enchaîna son âge mûr au service des grands; et les ingratitudes d'un prince, d'autres disent ses outrages, le firent descendre au tombeau. Nous n'ajouterons pas avec quelques biographes qu'il étoit alors dans la force de son talent, quoiqu'il n'eût en effet que cinquante et un ans quand il mourut. Le talent qui s'est mis aux gages de la fortune et du pouvoir n'a plus de forces à perdre.

Le chef-d'œuvre dont nous parlions est la *Conspiration de Valstein*. Sarrazin

n'a pas daigné l'achever. Ce morceau
est le premier de notre langue que
nous puissions opposer à Salluste, dont
il a quelquefois le nerf et la pureté.
C'est le modèle de Saint-Réal et de
Vertot. C'est peut-être le germe d'une
admirable composition de Schiller,
qui n'avoit pas besoin d'ailleurs de
chercher des inspirations hors de ses
propres études et de son propre génie.

Nous avons réuni à ce curieux frag-
ment la *Pompe funèbre de Voiture*,
charmant exemple de gracieux badinage qui offre, dans le mélange pi-
quant d'une prose naturelle et d'une
versification facile, le type si souvent
imité du *Voyage* de Chapelle, et du
Temple du Goût de Voltaire. Quelquefois surpassée peut-être, et des éditeurs
moins impartiaux n'en conviendroient

Castel, 1664, in-12, supérieurement imprimé par les Elzevirs, ou plutôt par Foppens, de Bruxelles; et, comme elle n'est pas indiquée dans la table, je doute qu'elle se trouve dans tous les exemplaires.

CH. NODIER.

CONSPIRATION

DE VALSTEIN.

Il n'y a point de doute que la conspiration de Valstein n'ait été une des plus fameuses entreprises des derniers siècles, et que les personnes qui se plaisent au récit des grandes actions et qui veulent profiter des défauts ou des vertus des hommes célèbres, n'en trouvent l'histoire très-nécessaire et très-agréable. C'est, à mon avis, ce qui a obligé beaucoup de gens d'esprit à nous en laisser diverses relations, que j'estimerois parfaites si elles n'étoient point intéressées. Mais, certes, l'animosité des partis contraires, dans lesquels la plupart des auteurs se sont rencontrés, s'est encore insensiblement trouvée dans leurs livres; et de cette sorte les invectives ou les flatteries y ont pris la place que la seule vérité devoit occuper. Quelques-uns ont accusé l'Empereur de cruauté; plusieurs ont loué sa prudence et sa justice; ceux-ci ont parlé de Valstein comme d'un monstre; ceux-là comme d'un héros, pendant que le mépris des morts, les faveurs de la cour de Vienne, la haine de la maison d'Autriche, et le dessein de plaire ou de nuire, leur ont ôté la liberté de parler.

Voilà pourquoi il me semble que, n'étant prévenu d'aucun de ces mouvements, et me sentant également éloigné de la crainte et de l'espérance, je ne ferai rien contre la modestie, si, après tant d'habiles gens, j'écris encore l'histoire de cette conspiration selon la vérité, au moins autant qu'il me sera possible. Mais il faut premièrement parler et des mœurs et de la puissance de cet homme.

Albert Valstein eut l'esprit grand et hardi, mais inquiet et ennemi du repos; le corps vigoureux et haut; le visage plus majestueux qu'agréable. Il fut naturellement fort sobre, ne dormant quasi point, travaillant toujours, supportant aisément le froid et la faim, fuyant les délices, et surmontant les incommodités de la goutte et de l'âge par la tempérance et par l'exercice; parlant peu, pensant beaucoup, écrivant lui-même toutes ses affaires; vaillant et judicieux à la guerre, admirable à lever et à faire subsister les armées, sévère à punir les soldats, prodigue à les récompenser, pourtant avec choix et dessein; toujours ferme contre le malheur, civil dans le besoin; ailleurs, orgueilleux et fier, ambitieux sans mesure, envieux de la gloire d'autrui, jaloux de la sienne, implacable dans la haine, cruel dans la vengeance; prompt à la colère, ami de la magnificence, de l'ostentation, et de la nouveauté; extravagant en apparence, mais ne faisant rien sans dessein, et ne manquant jamais du prétexte du bien public, quoiqu'il rapportât tout à l'accroissement de sa fortune; méprisant la religion qu'il faisoit servir à la politique; artificieux au possible, et principalement à paroître désintéressé; au reste, très-curieux et très-clairvoyant dans les desseins des autres, très-avisé à conduire les siens, surtout adroit à les cacher, et d'autant plus impénétrable qu'il affectoit en public la candeur et la liberté, et blâmoit en autrui la dissimulation dont il se servoit en toutes choses. Cet homme, ayant étudié soigneusement les maximes et la conduite de ceux qui d'une condition privée étoient arrivés à la souveraineté,

n'eut jamais que des pensers vastes et des
espérances trop élevées, méprisant ceux
qui se contentoient de la médiocrité; en
quelque état que la fortune l'eût mis, il
songea toujours à s'accroître davantage;
et enfin, étant venu à un tel point de grandeur qu'il n'y avoit que les couronnes au-
dessus de lui, il eut le courage de songer
à usurper celle de Bohême sur l'empereur;
et, quoiqu'il sût que ce dessein étoit plein
de péril et de perfidie, il méprisa le péril
qu'il avoit toujours surmonté, et crut toutes les actions honnêtes quand, outre le
soin de se conserver, on les faisoit pour
régner. Il est vrai que l'ambition et la conjoncture des affaires et des accidents de
sa fortune, lui représentant son entreprise
juste et facile, le poussèrent ensuite à la
vouloir exécuter. Mais il est nécessaire,
avant que d'en commencer le récit, de faire
un discours de sa vie jusques au temps de

sa révolte, afin que l'on soit mieux informé des causes qui l'obligèrent à conspirer et des moyens qu'il en eut.

Ceux qui ont dit que la fortune avoit tiré Valstein de la boue, et que sa naissance étoit obscure, ont failli par malice ou par ignorance; car son père étoit baron des confins de Bohéme, c'est-à-dire l'un des plus grands seigneurs de ce royaume-là, auquel il n'y a ni ducs, ni marquis, et bien peu de comtes; les barons y étant si jaloux de leurs dignités que, quand un duc étranger veut se faire naturaliser Bohême, ils l'obligent à quitter son titre et à se contenter du leur. Mais de plus, comme ils mesurent la grandeur des familles par l'ancienneté, quelques auteurs ont compté celle des Valstein entre les principales, encore qu'elle ne fût pas des plus accommodées. Son père l'éleva en la religion protestante dont il faisoit profession, et voulut qu'il apprît les lettres ; mais son esprit turbulent n'étant pas propre au repos des muses, les maîtres le chassèrent de l'école, parce qu'au lieu d'étudier, il ne s'occupoit qu'à faire des ligues contre ses compagnons et à les soulever contre l'obéissance et la discipline, tant le naturel a de force en cet âge, auquel il n'est ni caché par la dissimulation, ni corrigé par la prudence. Cela contraignit ses parents de le mettre à la cour plus tôt qu'ils n'avoient délibéré, et de le donner page au marquis de Burgau, fils de l'archiduc Ferdinand d'Inspruck. En cette condition, étant tombé sans se blesser d'une fenêtre fort élevée, sur laquelle il s'étoit endormi, il se fit catholique ; et, s'imaginant qu'après cet heureux accident il étoit réservé à quelque chose de grand, il sortit de page pour voyager et se rendre digne de ce que le destin sembloit lui promettre.

VIII

Il vit l'Allemagne, l'Angleterre, la France; s'accommoda aux mœurs et aux habits de ces pays; s'instruisit de leur situation, de leurs lois, et de leurs forces; prit de chacun ce qu'il jugea de meilleur, et enfin s'arrêta à Padoue, ayant curieusement visité le reste de l'Italie. Ce fut là qu'il se repentit d'avoir négligé les lettres, absolument nécessaires à un grand homme, et qu'il se rendit capable des arts, s'il ne s'y rendit pas savant; mais particulièrement il s'attacha à l'étude de la politique et de l'astrologie, qui étoient selon son génie et ses desseins, se plaisant infiniment à ces maximes, qui sont détestées en public par ceux qui les pratiquent en secret, et se figurant dans les astres des grandeurs immodérées qu'il ne laissoit pas pourtant d'espérer, encore que la raison semblât l'en éloigner tout-à-fait. Ainsi, s'en étant retourné chez lui l'esprit rempli de vastes prétentions, et voyant qu'avec son peu de bien il ne lui étoit pas possible d'entreprendre aucune des choses qu'il s'étoit imaginées, il se résolut, pour s'accommoder, de rechercher en mariage une veuve fort riche et d'une illustre naissance. Il se mit si bien auprès de cette femme par son adresse, qu'elle le préféra en l'épousant à quantité de très-grands seigneurs qui étoient engagés devant lui en cette recherche, et encore même après son mariage elle en demeura, à ce que l'on dit, si éperdument amoureuse et si jalouse qu'elle le pensa tuer, lui ayant baillé à boire un de ces filtres qui troublent l'esprit au lieu de le gagner, et font d'étranges ravages dans les corps qui en souffrent la violence; venins d'autant plus inévitables qu'ils tiennent lieu à ceux qui les donnent de marques d'affection. Il n'étoit pas encore bien guéri de l'effort de ce poison, lorsque sa femme venant à mourir sans enfants, et l'ayant institué son héritier, le laissa maître d'un très-grand bien. La guerre de l'archiduc Ferdinand et des Vénitiens ayant commencé un peu après dans le Frioul, il embrassa l'occasion qu'il avoit si fort souhaitée et qu'il croyoit si nécessaire pour lui, s'imaginant qu'aux habiles le chemin des armes étoit le plus assuré et le plus court pour aller à la grandeur; au lieu que la paix pouvoit bien enrichir beaucoup de gens, mais qu'elle n'en élevoit que très-peu. Si bien qu'ayant enrôlé à ses dépens trois cents cavaliers bien faits, il vint offrir son service et cette troupe à l'archiduc, au siége de Gradisque, où, par sa libéralité à tenir table pour les officiers et à secourir les soldats dans leurs nécessités, par sa conduite à la guerre souvent heureuse et toujours particulière, faisant des actions signalées, louant celles

des autres, parlant peu de soi-même, agissant avec vigilance et soin, tenant ses
troupes dans l'abondance quand toute
l'armée pâtissoit, il se mit en réputation
d'un homme qui, parmi beaucoup de bonnes qualités, en avoit d'extraordinaires,
et acquit, avec l'amitié de Ferdinand, la
charge de colonel des milices de Moravie.

Les troubles de Bohême ayant suivi, et
les grands de ce royaume conspiré contre l'Empereur, Valstein demeura fidèle,
quoique les révoltés le sollicitassent d'entrer dans leur parti par l'offre des premiers
emplois et par l'espérance des récompenses de la guerre. Mais lui n'en prétendant
pas moins de l'Empire, et préférant encore
le certain et l'honnête aux choses douteuses et tumultuaires, après avoir tâché vainement de réprimer la sédition de Prague,
comme il vit qu'il ne pouvoit conserver
les troupes de Moravie dans l'obéissance,

et que ses compatriotes avoient confisqué
ses biens, il enleva ce qu'il put de l'argent
public et se retira à Vienne, où il fut pourtant obligé de le restituer, ne lui restant
pour toute chose que douze mille écus
qu'il en avoit détournés, et dont il leva
mille cuirassiers. Il ne faut pas que j'o-
mette ici une particularité que je trouve
écrite, et qui marque bien le soin particulier que la fortune prenoit de cet homme :
c'est qu'au commencement de ces premiers
troubles, et devant que les séditieux eussent entrepris la guerre, les principaux de
ce parti étant entrés en armes, et sans permission, jusque dans le cabinet de Ferdinand, et là lui ayant fait leurs propositions
avec une telle insolence que le comte de
La Tour, portant la main sur la garde de
son épée, osa dire que celle qu'il tenoit
satisferoit à leur demande si on les refu-
soit; dans la terreur et la surprise de Fer-

XIII

dinand; Valstein arriva par hasard avec
une troupe d'élite qu'il avoit levée et qu'il
vouloit lui faire voir; ce qui obligea ces
audacieux, qui se crurent trahis et perdus,
de se jeter aux pieds de ce prince, auquel
depuis il fut toujours agréable jusques au
dernier temps de sa faute. Cependant les
belles choses qu'il exécuta pendant cette
guerre, et entre autres six mille Hongrois
qu'il défit avec quinze cornettes de cava-
lerie, lui attirant ensemble une extrême
gloire et une extrême envie (car personne
n'a encore pu séparer ces deux choses),
le prince de Liechtenstein, commis pour ju-
ger les rebelles de Bohême et pour gouverner ce royaume repris sur le Palatin, l'ac-
cusa à Vienne; mais lui, qui connoissoit
parfaitement la nature de la cour, où l'ab-
sence est criminelle quand elle n'est point
défendue, et où on trouve toujours la sûreté si on a de quoi l'acheter, se rendit à

Vienne avec soixante mille écus, et non-
seulement y fit louer son innocence, mais
encore y voulant acquérir des gens d'autorité qui pussent le protéger et soutenir sa
fortune, outre que l'artifice et l'intérêt lui
gagnèrent beaucoup des ministres, il épou-
sa une fille de Charles d'Arach, principal
conseiller et favori de Ferdinand, et de
plus, par le crédit de son beau-père et le
secours d'argent qu'il bailla à l'empereur
dans ses pressantes nécessités, il obtint,
outre ses cuirassiers, deux régiments d'in-
fanterie, et se fit pourvoir de la charge de
sergent-major de bataille.

Les victoires de ce parti et la foiblesse
des révoltés ayant en apparence assoupi
la guerre, Valstein, qui voyoit où tendoient les choses, qui connoissoit que la
rébellion étoit dissimulée plutôt qu'éteinte,
et que les ligues qui se faisoient par toute
l'Europe contre la maison d'Autriche la

pourroient surprendre dépourvue, entreprit une chose aussi mémorable qu'extraordinaire, et dont l'exécution sembloit
impossible pour un particulier qui n'avoit
de crédit parmi les gens de guerre que celui que ses bonnes qualités lui avoient ac-
quis. Il offrit à l'Empereur de lever à ses
dépens une armée de trente mille hommes,
à la charge qu'il en seroit général, et fit en
sorte par son industrie, par ses pratiques
près de ses amis, et par l'engagement de
tout son bien, qu'il la mit sur pied en diligence; si bien qu'ayant succédé à la charge du marquis de Montenegro, qui fut dé-
posé pour avoir peu heureusement servi
l'Empire en Transilvanie, il ne fut redeva-
ble de sa dignité qu'à son ambition et à sa
vertu. En ce haut emploi il ajouta beaucoup à sa gloire. Il soumit la ville et le
diocèse d'Alberstadt, subjugua Hall et son
évêché, fit le dégât dans les terres de Mag-

debourg, entra dans celles d'Anhalt, for-
tifia Dessau, défit Mansfeld, et avec lui quatre mille Hollandois aguerris, qui étoient
les principales forces de l'armée danoise.
De là ayant pris Zerbst, et voyant que Mansfeld et Weimar avec leurs troupes tour-
noient par la Silésie vers la Hongrie pour
y soulever les rebelles et s'y joindre à Ga-
briel Bethléem, il suivit Bethléem et Mansfeld, et, les trouvant au siége de Novi-
grade, les vainquit, tailla en pièces les
janissaires qui étoient venus au secours
du Transilvain, et poussa hors de l'Allemagne Mansfeld qui en avoit été la terreur
depuis tant d'années. Retournant ensuite
dans la Silésie où Weimar étoit mort, il
obligea la moitié de ses troupes à se rendre, surmonta le reste, prit toutes les pla-
ces révoltées, et, après avoir pacifié les
provinces héréditaires, ramena contre le
roi de Danemarck son armée victorieuse,

à laquelle il joignit celle de Tilly. Avec ces grandes forces il défit le marquis d'Urlach, subjugua l'archevêché de Bréme et l'Holsace, remplit ses troupes de nouvelles levées que Charles de Lauembourg faisoit pour les ennemis, se rendit maître de tout ce qui est entre l'Océan, la mer Baltique et l'Elbe, ne laissant au roi de Danemarck que Gluckstadt et ce coin de terre séparé par un détroit du reste de son royaume; et quoique ce roi voulût encore tenter la fortune, il en fut toujours maltraité. Valstein le chassa de la Poméranie où il avoit fait descente et progrès, et l'obligea à remonter dans ses navires, où il n'auroit peut-être pas trouvé de sûreté si Valstein eût eu des forces maritimes; si bien que, depuis ce temps jusques à la paix de Lubeck, le Danois n'entreprit plus rien et se contenta de secourir par mer ceux de Stralsund qui seuls avoient pu arrêter le

2

torrent des armes impériales, auxquelles
tant de nations s'étoient opposées inutile-
ment.

En cet état florissant de l'Empire, Valstein, voulant que son maître profitât de
ses victoires et que sur la foiblesse de ses
ennemis il pût affermir pour toujours la
grandeur de sa maison, relégua premièrement Tilly dans la Frise, sous prétexte qu'il
y restoit encore quelques révoltes et qu'il
y falloit faire hiverner des gens de guerre;
mais en effet afin que l'Empereur n'eût plus
le duc de Bavière pour compagnon, et que
pour lui il demeurât, sans compétiteur,
absolu directeur des choses. Après quoi,
sachant bien que la pauvreté des peuples
et l'abaissement des grands sont les seules
voies pour aller à la servitude des nations
libres et peu affectionnées, au lieu de licencier cette multitude épouvantable de
soldats, qui ayant tout vaincu sembloit

désormais inutile, il leva encore quantité de nouvelles troupes et augmenta de beaucoup le nombre des officiers, afin d'accroître par leur dépense la disette des peuples qui les devoient défrayer. Son exemple même apprit aux chefs la somptuosité et la profusion, et pour y fournir, la rapine et la violence. Toute l'Allemagne se trouva inondée de ces troupes. On ne distingua point les amis et les alliés des ennemis et des neutres. L'insolence du soldat, parce qu'elle fut impunie, fut sans bornes, et ensuite l'oppression des peuples et leur haine contre Valstein qu'ils croyoient auteur de tant de maux. On envoya de plus, de la cour impériale, un édit sévère par lequel on déclaroit criminels tous ceux qui se trouveroient avoir participé en quelque sorte aux conseils des révoltes passées ; par-là on trouva moyen de s'assurer, soit des grands qui faisoient ombrage, soit des

2.

particuliers dont la faction pouvoit soulever les villes, et avec cela des richesses
pour satisfaire les gens de guerre et les
courtisans : étant non-seulement aisé, mais
honnête en apparence, de calomnier ceux
qu'on vouloit perdre. Et afin que le roi de
Suède, que tant de misérables regardoient
comme le dernier asile de leur liberté, ne
pût, quand il le voudroit, ni fomenter une
rébellion qui sans lui n'avoit point de force,
ni s'opposer à la domination absolue d'Autriche, que Valstein vouloit établir après
avoir fait condamner les ducs de Mecklenbourg comme coupables d'intelligence
avec les ennemis, et s'être emparé par le
don de Ferdinand des biens et des dignités qu'il leur venoit d'ôter, Valstein s'assura de tous les ports de la mer Baltique,
excepté de Stralsund qu'il assiégeoit avec
furie, et mit tous ses soins à équiper une
flotte qui le rendit maître de ces mers

comme il l'étoit de l'Allemagne. Alors il pouvoit bien, malgré la haine et l'envie, jouir en repos de la gloire de ses grands et fidèles services, si son orgueil, qu'il avoit toujours eu au-dessus de sa fortune, ne l'eût point de nouveau surpassée. Mais s'étant laissé emporter à une présomption aveugle de lui-même et à un mépris insupportable des autres pendant qu'il maltraite les princes; que, n'obéissant point aux ordres de Vienne, et écrivant à l'Empereur qu'il se donnât du bon temps et ne se mêlât de rien, il avilit les commandements à la majesté de son souverain; qu'étant fait prince de l'Empire et duc de Mecklenbourg, il veut être traité d'altesse; qu'il mange seul, fait battre monnoie, et par l'équipage et la dépense, et par ses audiences sollicitées affecte de ressembler aux rois, il corrompit la solidité de sa vertu, et donna au monde de l'aversion pour sa vanité injurieuse et déréglée. Or, la paix avec le Danois ayant été conclue à Lubeck, l'Empereur, extraordinairement pressé par les religieux, desquels il dépendoit en toutes choses, se précipita selon leurs passions, et voulut donner le dernier coup à la liberté de l'Allemagne avant qu'elle fût assez affoiblie pour le recevoir. Il fit publier l'édit de la restitution de tous les biens ecclésiastiques que les protestants avoient usurpés depuis les premiers troubles du luthéranisme, croyant qu'il n'en arriveroit aucun fâcheux accident, ni du dehors, puisque les rois de Suède et de Bohême étoient en guerre, celui de Danemarck lassé de ses pertes, les Transilvains divisés en factions pour la succession de Bethléem, les François occupés chez eux et en Italie, et qu'au-dedans il avoit Valstein toujours formidable aux factieux, et des armées prêtes d'étouffer partout les sé-

ditions avant leur accroissement. Mais les
protestants qu'on dépouilloit des biens
dont ils avoient hérité, et qui appréhen-
doient qu'ensuite on ne leur ôtât encore la
liberté de conscience, se trouvant au désespoir par ces considérations de religion
et d'intérêt, et les princes de ce parti s'a-
percevant bien que c'étoit à eux qu'on en
vouloit, entre autres l'électeur de Saxe qui
voyoit qu'on alloit enlever à son fils l'administration de Magdebourg que ceux de
la ville lui avoient donnée, parce que le
pape avoit nommé pour leur archevêque
Léopold, fils de Ferdinand, s'efforcèrent
de trouver un remède à ces dernières ex-
trémités, et, avec l'aide des François, obligèrent Gustave Adolphe, roi de Suède,
alarmé des entreprises qu'on faisoit sur la
mer Baltique, et ambitieux d'honneur, de
venir à leur secours sous d'autres prétex-
tes. D'ailleurs, les princes catholiques aux-

quels la grandeur de la maison d'Autriche
se rendoit formidable, et généralement
tous les peuples accablés de la pauvreté
où les réduisoient les contributions et les
quartiers d'hiver, invention de Valstein
et non de la calamité publique, demandèrent à l'Empereur une assemblée générale
pour le bien et le repos de l'Empire. Principalement le duc de Bavière sollicita cette
diète avec l'électeur de Mayence qu'il avoit
mis dans son opinion. Le Bavarois, parce
qu'il haïssoit mortellement Valstein, lequel s'opposoit aux intérêts de sa nouvelle
dignité, soit qu'il la jugeât contraire au
repos de l'Allemagne, soit qu'il eût assez
d'ambition pour prétendre lui-même à l'é-
lectorat, et qu'en effet, comme ont dit
quelques-uns, l'Empereur le lui eût tpro-
mis. Il voyoit de plus qu'on éloignoit Tilly
son général; il se trouvoit lui-même déchu
du pouvoir absolu qu'il avoit mérité par

sa fidélité dans les temps les plus péril-
leux de l'Empire, et par ses services à relever la fortune penchante de Ferdinand;
et ce qui le touchoit davantage étoit que
le fruit de tant de peines demeuroit entre
les mains de Valstein, et qu'il appréhendoit que cette puissance prodigieuse, qu'il
avoit aidé à établir au péril de sa vie et
de son bien, ne servît à le perdre si son
ennemi, qui ne pardonnoit point, en étoit
plus long-temps le modérateur. Ces considérations l'ayant jeté dans la terreur et
dans la colère, qui croissent d'ordinaire à
mesure que les sujets en sont justes, il
fut aussi celui qui pressa le plus vivement
l'assemblée et la déposition de Valstein,
étant de plus poussé par M. de Léon, ambassadeur de France, et par le capucin
Joseph, homme d'intrigue. Ce fut lui encore qui, pour obtenir cette diète et empêcher l'Empereur de découvrir qu'on vouloit

diminuer de l'autorité qu'il avoit usurpée, lui donna des espérances de l'élection de son fils pour roi des Romains et de l'acheminement insensible de la succession à l'Empire. Son adresse réussit dans un esprit qui ne souhaitoit rien davantage; car on croit ce qu'on désire beaucoup. L'Empereur avec son fils se rendit à Ratisbonne sur la fin de juin 1630, où tous les électeurs se trouvèrent, excepté ceux de Saxe et de Brandebourg qui s'excusèrent par leurs députés de n'avoir pu faire les frais de ce voyage, parce que la grande dépense des garnisons de Valstein leur en ôtoit les moyens. Et en effet, quatorze régiments complets avoient hiverné dans la seule marche de Brandebourg. Or, les électeurs, outre la nécessité présente et la crainte de l'avenir qui augmentoit leur hardiesse, outre l'appui du roi de Suède qui avoit commencé la guerre en Allemagne, se

trouvoient fortifiés par l'éloignement de
quarante mille hommes qui, contre l'avis
de Valstein, avoient été envoyés à la guerre
de Mantoue, ou qui s'étoient dissipés en
celle de Pologne, et, de plus, ils étoient
encouragés par les persuasions de l'ambassadeur de France. Car, sur les plaintes
que le duc de Lorraine fit faire à la diète
qu'une puissante armée françoise étoit à
sa frontière, cet ambassadeur assura les
électeurs qu'elle n'étoit là que pour soutenir leurs propositions, au cas qu'on les
voulût refuser. On traita donc premièrement la paix avec le roi de France, les
protestants ayant intérêt qu'il ne fût pas
engagé, afin de les assister plus librement.
On résolut après qu'on s'assembleroit à
Francfort l'année qui suivoit, touchant l'é-
dit de la restitution, beaucoup de difficultés empêchant d'en rien déterminer alors,
les protestants attendant qu'avant ce temps

le roi de Suède le rendroit nul, et les catholiques croyant que leur droit seroit for-
tifié par la possession qu'ils avoient. Mais
quand on commença à parler des affaires
de la guerre, tous ces partis, d'une voix
commune, demandèrent la déposition de
Valstein, et il sembla qu'ils n'étoient as-
semblés que pour ce sujet. La haine qu'on
lui portoit se trouva générale. La foiblesse
de l'Empereur, que ce coup imprévu étonna, fut assez grande pour consentir, en le
démettant, à se dépouiller de sa puissance
et de sa fortune, et pour abandonner un
homme dont on n'auroit point tant pressé
la ruine s'il lui avoit été moins fidèle ou
qu'il l'eût rendu moins redoutable. Il est
vrai que les Espagnols, qui souvent étoient
les arbitres de ses conseils, ne l'étant pas
des actions de Valstein, voulurent quelqu'un moins altier et plus obéissant en sa
place; et quoique le roi de Suède, lequel

il se vantoit de chasser avec des verges, fût descendu en Poméranie, ils se contentèrent de Tilly que le duc de Bavière, voulant reprendre son autorité, leur offrit pour lui opposer. L'Empereur même se vit contraint de licencier les troupes de la haute Allemagne et de consentir à une réforme des autres, laquelle lui en ôta la plupart, les soldats accoutumés au pillage ne pouvant ni rendre ce qu'ils avoient pris, ni se résoudre à ne plus rien prendre. Le désordre ne s'arrêta pas là. Les généraux Anheim et Hoffecchichen cherchèrent parti ailleurs; quantité d'officiers quittèrent tout-à-fait le service; et de cet état absolu où toute l'Allemagne avoit tremblé sous Valstein, l'Empereur, par sa foiblesse, par l'adresse des protestants, et par la passion des siens, se trouva réduit en un instant à redouter la puissance du Suédois, dont Valstein se seroit moqué si, en son auto-

rité, on eût conservé la principale vigueur
de l'Empire, ses ministres s'apercevant aussi bien que lui, mais trop tard, qu'ils étoient
trompés, puisqu'après avoir abandonné
tous les intérêts de l'Empereur sur l'espérance de faire son fils roi des Romains,
les électeurs éloignoient sa nomination par
une remise, laquelle en ces choses tient
lieu d'un refus civil.

Cependant Valstein ayant appris la nouvelle de sa déposition, quoique ce coup
imprévu l'eût surpris, fit pourtant paroître plus de regret du malheur de Ferdinand que du sien propre. Sans parler de
soi, il dit seulement que l'Empereur étoit
trahi et ses conseils corrompus ; et cette
même vertu, qui lui avoit donné le bâton
de généralissime, lui servit à le résigner
en apparence sans désordre et sans douleur. Son déplaisir pourtant fut fort grand,
mais fort secret, et seulement connu de ses

confidents; au lieu que celui des armées
éclata publiquement, et que plusieurs colonels le vinrent trouver, desquels rete-
nant une partie auprès de lui, il assigna
aux autres, sur le revenu de ses terres où
il les envoya, de quoi s'entretenir hono-
rablement, ayant eu soin en cela de l'amitié et de la réputation, et voulant se conserver des hommes qu'il jugeoit, par cette
épreuve volontaire, ne le devoir point
abandonner, quelques dangers où le je-
tassent son ambition et son ressentiment.
Car, certes, sous cette profonde simula-
tion d'esprit modéré qu'il affectoit dans sa
disgrâce, il cachoit un extrême désir de
vengeance et faisoit des projets de se mettre en un état où l'on ne pût lui ôter l'emploi, si la nécessité des affaires vouloit
qu'on le rappelât, de quoi Giovan Batista
Seni, son astrologue, lui montroit l'espérance fort proche, et dont il s'assuroit

lui-même par les jugements qu'il faisoit des désordres de l'Empire, confirmant en cela, par son propre raisonnement, les conjectures d'un art incertain. Ainsi donc cet esprit se remplissoit de desseins hautains et hardis lorsqu'il paroissoit ne songer plus qu'à vivre en homme privé. Sur ce sujet, je sais qu'on a dit qu'en ce temps-là il avoit voulu prendre parti avec le roi de Suède par l'entremise du comte de La Tour, banni de Bohême, et qu'ensuite d'un traité fort avantageux pour lui, sur le point d'exécuter ce qu'il avoit concerté contre ceux d'Autriche, il en avoit été détourné par Arneinch, général de l'électeur de Saxe, avec lequel, après la perte de Prague, ayant eu, sous prétexte de la paix, une conférence longue et secrète, Arneinch lui avoit donné de la défiance du Suédois et fait croire qu'il se vengeroit plus aisément s'il reprenoit le commandement des armes de l'Empire. Quelques autres, au contraire, assurent qu'on lui suppose ce crime pour excuser par de nouvelles fautes la cruauté de sa mort. Cette particularité, pour son importance, ne m'est pas assez connue.

Maintenant il me semble très à propos de parler un peu de sa façon d'agir chez lui et de sa vie domestique, afin que l'on connoisse mieux combien toutes ses actions tendoient à l'élever au-dessus des autres hommes, et qu'avec plus de certitude on juge de ce que nous écrivons, à quoi, certes, ces remarques ne semblent pas inutiles. Mais, en vérité, je crains qu'en les lisant on ne manque de foi pour l'histoire, et que les vérités que je dirai ne passent pour des descriptions de roman. Cela pourtant ne m'empêchera pas d'en parler sans exagération ni envie, et, pour commencer par sa demeure, les lieux qu'il

3

habitoit sembloient moins les maisons d'un particulier que les palais d'un monarque; car il avoit avec la plupart des hommes cette foiblesse de vouloir laisser en des masses de pierre des monuments de grandeur, ne songeant pas que les fâcheux accidents de la nature ou de la fortune les pouvoient détruire en un moment; et qu'enfin, quelque soin que l'on prît de les conserver, dans peu d'années ils se ruinoient d'eux-mêmes. Son hôtel de Prague recevoit le monde par six grandes portes, et, dans un espace fort étendu, jetoit ses fondements sur la ruine de cent maisons qu'on avoit abattues pour le bâtir. Les appartements en étoient beaux, magnifiques, commodes; les ornements et les meubles représentoient le luxe et l'abondance, et le quartier qu'il occupoit les montroit avec excès. J'en décrirois volontiers le détail : les jardins embellis d'un grand nombre de statues; les fontaines, les grottes, les canaux abondants en poissons, dépense curieuse et délicate; les volières rares pour leur étendue, plantées d'arbres couverts d'oiseaux de toutes sortes, et enfermés de raies de fer, si l'histoire souffroit les digressions inutiles, quoique agréables. Sur ce palais, il avoit presque pris le modèle entier des autres, soit qu'il crût cette façon de bâtir la meilleure, ou que par cette particulière affectation il voulût encore en ces choses s'éloigner de la coutume vulgaire. Ce qui se trouvoit de plus en sa demeure de Gidzin étoit que, pour nourrir son haras, il avoit fait clore de murs un grand parc, dans lequel il entretenoit toujours pour le moins trois cents chevaux d'élite, et où, d'une tour élevée au milieu, l'on donnoit le signal les soirs et les matins à ceux qui en avoient la charge. Car pour ses écuries superflues en architecture,

3.

avec des mangeoires de marbre et des fontaines qui couloient dedans, je n'en veux pas faire une remarque particulière, sachant que presque tous les princes d'Allemagne sont soigneux d'en avoir de belles. Si la mort ne l'eût point contraint de laisser son château de Sagan imparfait, il eût peut-être surpassé en cet édifice ceux des vieux Romains, comme il les avoit égalés, agrandissant la ville de Gidzin, y bâtissant une chartreuse, fondant un collége de jésuites, élevant à Glogo un temple pour les protestants; admirable en ce point d'avoir construit tant d'ouvrages dans ce peu d'années qu'il fut maître de la fortune, au lieu que souvent la vie de deux rois est trop courte pour achever un palais. Pour sa dépense, c'étoit une profusion inouïe. On servoit cent plats sur sa table; la propreté y aidoit beaucoup à la bonne chère; cinquante hallebardiers étoient toujours

de garde dans son antichambre, gens choisis pour leur mine et connus par leurs actions. Au dehors on trouvoit des sentinel-
les, et partout des estafiers bien faits; douze
hommes marchoient incessamment autour
de son palais, afin d'empêcher le bruit qu'il
ne pouvoit souffrir, en cela délicat jusqu'à
la foiblesse. Il entretenoit soixante pages,
tous enfants d'ancienne race, qui apprenoient leurs exercices sous des maîtres
fameux qu'il tenoit à ses gages. Ses livres
étoient éclatants et riches. Il avoit un nombre infini de gentilshommes servants; quatre maîtres de sa chambre s'informoient
de ceux qui lui vouloient parler, et les ad-
mettoient à l'audience. Six barons et six
chevaliers se trouvoient toujours près de
sa personne pour recevoir ses commandements; des gentilshommes de la chambre
de l'Empereur, qui portoient la clef dorée,
avoient chez lui la même place. Son grand

maître d'hôtel étoit un seigneur de marque. S'il marchoit à la campagne, dans
son train, outre le grand équipage des
siens, dont il entretenoit la plupart, on
comptoit pour son bagage et pour sa table
cinquante chariots attelés chacun de six
chevaux, et cinquante fourgons de quatre,
avec six carrosses servant pour les gens
de condition qui suivoient sa cour. Il faisoit de plus mener en main cinquante chevaux beaux à merveille, et couverts de
harnois précieux, par cinquante hommes
qui montoient chacun un cheval de prix.
Ceux qui aiment la vertu frugale et mo-
deste blâmeront ce faste; il plaira aux autres qui adorent la vanité extérieure; mais
on jugera généralement qu'il étoit facile à
Valstein, vivant plus splendidement que
les rois, de souhaiter leur rang et leur dignité. Je n'ai point parlé de la maison de
sa femme, des pensions qu'il donnoit, ni

des récompenses, ni de l'argent immense qu'il épandit dans l'Europe pour être informé de tout. J'en ai dit assez, ce me semble, pour mon dessein et pour mon loisir; et puis les choses de cette nature plaisent bien d'abord, mais elles lassent quand vous vous y arrêtez plus long-temps qu'il n'est besoin. Reprenons donc notre histoire.

Après que Valstein eut remis le commandement des armées, les chefs qu'on opposa en sa place au roi de Suède, manquant pour la plupart de l'expérience des choses militaires, et les uns de hardiesse, les autres de prévoyance, tous de bonheur, leur parti s'affoiblit par beaucoup de pertes. Les électeurs de Saxe et de Brandebourg l'abandonnant se joignirent à découvert avec Gustave, et Tilly fut seul qui soutint pour quelque temps le faix de la guerre. Cet homme, qui possédoit les par-

ties d'un grand capitaine, la bonne fortune, la prudence, la valeur, le soin, et,
ce qui est rare, la piété, s'efforça d'arrêter les victoires de l'ennemi et de ne point
diminuer la gloire des siennes. Mais, soit
qu'il ne pût seul suffire à la conduite des
armées de l'Empereur et de celles des princes catholiques ligués pour défendre l'Allemagne, soit qu'il fût destitué de l'autorité absolue de Valstein, et que, n'osant
rien entreprendre sans consulter le conseil de Vienne ou des confédérés, le temps
de délibérer fît perdre celui d'agir, soit
qu'enfin la fortune, qui favorise les choses
qui croissent, se plaise à les abandonner
en leur vieillesse, il fut vaincu à Leipsick,
et la perte de cette bataille fit décliner
l'Empire vers sa ruine. Plus de la moitié
de l'Allemagne se vit ensuite subjuguée
par les Suédois. Le Saxon prit la Bohême;
le landgrave de Hesse se jeta du côté des

victorieux; l'électeur de Trèves chercha
la protection des François, et le péril sembla si grand au duc de Bavière qu'il douta
la première fois s'il manqueroit de fidélité
pour la cause commune et pour la maison
d'Autriche. On croit méme que le roi de
Suède pouvoit achever la guerre par la
conquéte des pays héréditaires s'il y eût
tourné ses forces après le gain du combat,
et plusieurs l'ont blâmé de n'avoir pas bien
usé de cette victoire. Mais certes, sans exa-
miner ce qu'on pourroit alléguer au contraire, les conseils des hommes me semblent sujets à une cause supérieure qui en
excuse les fautes, et, dans tout ce qui arrive, il y a souvent une fatalité qui emporte la sagesse ou qui l'aveugle. Cependant Gustave s'étant occupé à soumettre
le Mein et le Rhin, ceux de Vienne, qui
virent qu'il ne venoit pas droit à eux,
ayant eu loisir de se rassurer de leur ef-

froi, s'employèrent avec diligence à chercher à leurs maux des remèdes prompts
et utiles, et, après beaucoup de consulta-
tions, l'extrémité des affaires les obligea
de recourir à Valstein, qui seul sembla
capable de les remettre s'il l'entreprenoit.
Ils considéroient son esprit que les difficultés augmentoient, bien loin de l'éton-
ner; industrieux et passionné à exécuter
ce que les autres tenoient impossible; sa
vigilance active et jamais surprise; sa ri-
chesse propre à faciliter les grands desseins, et préte à secourir la nécessité de
l'Empire; son crédit, ses intelligences, le
désir des soldats de servir sous lui. Et
comme c'est un défaut de la nature humaine de n'avoir rien de modéré dans la
prospérité ni dans l'affliction, ceux à qui
sa vertu avoit été insupportable, lorsqu'elle sembloit inutile, louoient en lui,
dans un besoin si pressant, jusques aux

choses vaines et fortuites. Ils croyoient de plus qu'il reprendroit son emploi avec une extrême joie; que, quelque offense qu'il eût reçue en le perdant, l'ambition qui dominoit sur ses autres passions étoufferoit son ressentiment; qu'enfin cet attachement à la vie privée avoit moins de vérité que d'ostentation. Sur de semblables pensées ils résolurent qu'il suffiroit de lui montrer des espérances assurées de son rétablissement pour le porter à en témoigner de l'envie, et que, l'engageant adroitement à demander la charge qu'on lui vouloit offrir, l'obligation seroit moindre et les conditions plus aisées. Pour ce sujet, malgré l'opposition des Espagnols qui ne pouvoient presque consentir que l'on l'employât, ils lui dépêchèrent Maximilien Valstein, grand écuyer du roi de Hongrie, l'ayant instruit autant qu'ils jugèrent à propos. Car, outre que c'étoit son

neveu, c'étoit encore un de ceux qu'il trai-
toit avec le plus d'estime et de confiance.
Celui-ci l'étant allé visiter à Zenam où il
demeuroit depuis la perte de Prague, sans
venir à Vienne qui en étoit assez proche,
parce qu'il y prétendoit le titre d'altesse
et les honneurs de souverain, après l'avoir
entretenu généralement des affaires de
l'Empire, afin qu'il pénétrât moins où tendoit la conversation, il la tourna avec
adresse sur les louanges publiques qu'on
lui donnoit dans les occurrences présentes,
et sur le désir de tout le monde de lui voir
reprendre la défense de l'Empire, lui con-
seillant de ne pas rejeter cette occasion et
d'aller au-devant de tant de gloire qui l'attendoit. Valstein sentit bien l'artifice; c'est
pourquoi, voulant selon ses projets cacher
d'autant plus son dessein qu'il le voyoit
prêt à réussir, et tirer tous les avantages
de la nécessité des affaires, il répondit en

premier lieu pour son intérêt peu et mo-
destement; il s'étendit ensuite sur la dou-
ceur de sa condition, sur le désir de vieil-
lir en tranquillité, de ne plus tenter la
fortune dont il avoit été traité si ignomi-
nieusement, et qui, quand elle lui donne-
roit toutes choses, lui ôteroit toujours le
repos; et venant enfin à déplorer les mal-
heurs de son souverain, comme s'il eût été
ému, il mêla à son discours des paroles ten-
dres et douteuses, qui n'ôtoient pas tout-
à-fait l'espérance de son service, mais qui
la montroient presque impossible.

Or, les ministres de l'Empereur voyant
qu'on avançoit peu par ce moyen, pressés
du temps et du péril, se servirent de la
seule voie qui restoit, d'agir ouvertement,
de supplier, d'offrir, de se soumettre à
tout pour fléchir Valstein. Le baron de
Questemberg et le comte de Verdemberg,
ses amis, y firent divers efforts, mais in-

utilement, son opiniâtreté paroissant si
grande qu'on désespéra de la surmonter,
si le prince d'Échamberg n'y travailloit
puissamment lui-même. La conformité de
ces trois noms me fait souvenir d'un mot
que l'on disoit alors à Vienne, que l'Empereur possédoit trois montagnes fort élevées,
Questemberg, Verdemberg et Échamberg,
et trois pierres fort précieuses, Diectri-
stein, Liechtenstein et Valstein, parce que
les noms de ces seigneuries se terminent en
stein et en *berg*, qui en allemand signifient
pierre et *montagne*; cela assez froidement
et selon la nature d'une nation qui, ayant
abondamment les autres biens de l'esprit,
est pour l'ordinaire destituée de politesse.
Au reste, ce qui faisoit attendre tout de
l'entremise d'Échamberg auprès de Valstein, c'est qu'ayant depuis long-temps
vécu avec lui dans une étroite confidence,
et l'ayant toujours puissamment servi à la

cour, il avoit encore employé son crédit
pour en empêcher la chute, et ne s'étoit
point du tout refroidi depuis sa disgrâce.
On ajoutoit à cela l'autorité de cet homme
puissant sur l'esprit de l'Empereur, du-
quel il étoit le directeur et le favori. Et
certes, cette faveur n'étoit pas injuste, et
la grandeur de son mérite pouvoit aller
de pair avec celle de sa fortune. Il se fit
donc porter à Zenam étant fort incommo-
dé des gouttes, et, après avoir rendu à
Valstein des lettres de l'Empereur, dictées
selon que cette occurrence le vouloit, il
lui représenta vivement l'honneur de sau-
ver son prince et sa patrie, l'obligation
qu'on lui auroit, la beauté d'une telle entreprise, la renommée et le reste des choses qui incitent un esprit passionné pour
la gloire. Il y ajouta les prières de Ferdinand qu'il fût l'arbitre de tout, qu'il dis-
pensât, qu'il agît; les assurances qu'il

trouveroit une obéissance entière et des récompenses très-grandes, lui engageant pour cela la foi de l'Empereur et la sienne propre, qu'il savoit être assez puissante, et qu'il avoit toujours éprouvée certaine. Valstein, quoiqu'il vît qu'il étoit temps de conclure, dénia pourtant au commencement son assistance, mais un peu plus foiblement qu'à l'ordinaire, opposant comme en doute la malice de ses ennemis prêts de calomnier ce qu'il feroit, la facilité de l'Empereur à les croire, et peut-être à le chasser en ayant tiré service. Et puis quand il y auroit sûreté pour ces choses, il demandoit où étoient les troupes dont on vouloit qu'il fût général, et quels moyens de remettre des affaires désespérées. Mais enfin, se voyant pressé sans relâche, tantôt feignant d'acquiescer aux persuasions, tantôt de céder à l'importunité de son ami, il promit son service, mais pour quatre

mois seulement, pendant lesquels il vouloit être seul et absolu, et après ce temps
se démettre de cette autorité onéreuse, à
quoi Échamberg consentit, croyant qu'il
suffisoit alors de l'avoir engagé dans l'emploi, où les occasions d'elles-mêmes l'obli-
geroient peut-être à demeurer si son ambition ne le pouvoit faire. Ainsi ayant avisé
entre eux ce qu'ils jugeoient utile et à propos cette heure-là, après une résolution
finale ils se séparèrent.

Valstein étant demeuré seul, inquiet, et
rêveur, commence à agiter en son esprit
la grandeur et la difficulté de la chose qu'il
vouloit entreprendre, les mesurant tantôt
par la crainte qui rend tout malaisé, tantôt par l'ambition qui ne trouve rien qui
le soit. L'impossibilité d'usurper la domination sur un prince légitime et de soulever des peuples qui font un point de religion de l'obéissance du souverain; le

4

danger de confier un tel secret; l'infidélité
ordinaire aux esprits factieux; les sup-
plices et l'infamie s'il réussissoit mal; sinon le meurtre, le poison, et la défiance
de toutes choses, l'épouvantoient. D'autre
part, la colère des mauvais traitements
reçus, la haine, l'appétit de vengeance,
et, plus que tout, l'avidité de régner ne
pouvant s'éteindre dans cet esprit immodéré, le précipitoient aveuglément. Il voyoit
plus de la moitié de l'Allemagne soumise
au roi de Suède, le reste presque bran-
lant et mal assuré, les potentats de l'Europe ligués avec Gustave ou malinten-
tionnés pour la maison d'Autriche, cette
maison sur le déclin, et jugeoit par ces
conjonctures le temps très-propre à la nouveauté. Il savoit bien que la seule extrémité
des affaires ayant forcé le duc de Bavière et
les Espagnols, puissants à Vienne, de consentir à son rétablissement, il ne devoit

point attendre d'autre récompense de ses
travaux, s'il affermissoit l'Empire, que de
retourner à une condition privée et à une
vie honteuse et obscure; et partant il trouvoit plus juste de se servir des forces que
ses ennemis lui mettoient entre les mains,
pour hasarder de les ruiner et de s'agran-
dir, que pour les rétablir et se perdre. Il
pensoit en avoir l'occasion et les moyens;
il se considéroit consommé dans l'expérience des choses militaires, chéri des
gens de guerre, prêt à commander à une
armée vénale, hardi, opulent, industrieux,
toujours secouru de la fortune; au lieu
que l'Empereur lui sembloit oisif, peu
porté aux armes, d'un naturel doux, lent,
exposé aux tromperies, et presque plus
propre à dissimuler les injures qu'à les
repousser. Dans ce trouble violent, flot-
tant avec doute, tantôt embrassant les
bonnes résolutions, tantôt les plus perni-

4.

cieuses, après s'être long-temps tourmenté
il s'abandonna enfin aux mauvais conseils,
et détermina de tenter l'usurpation de la
Bohême, ne pouvant vaincre les mouvements de son esprit aigri et ulcéré, ni ré-
sister à cette cruelle passion de grandeur
qui ne le laissoit point en repos. Mais,
voyant que l'exécution d'un tel dessein dépendoit de la disposition de beaucoup de
choses qui devoient être publiques et in-
terprétées, comme il étoit naturellement
très-propre à dissimuler et à feindre, il se
résolut, sans admettre alors aucun confi-
dent de cette dernière résolution, de la
cacher sous un profond silence, et de s'em-
ployer tout entier à agir de telle sorte que
ses actions semblassent n'aller qu'au bien
de l'Empire, quoiqu'elles eussent un but
tout contraire, afin que son dessein n'é-
tant point soupçonné d'abord, on n'en pût
ruiner les commencements ordinairement

foibles, et que, lorsque l'on viendroit à le découvrir, il fût en état de le faire réussir par la force. S'étant donc confirmé contre le péril, et résigné entièrement à quelque chose de plus puissant que sa raison, soit que vous nommiez cela fatalité ou génie, il commença d'acheminer insensiblement son entreprise, pour laquelle il avoit besoin d'un long temps, d'une grande fortune, et de beaucoup d'artifices. Voilà en quel état étoient les choses, et quel dessein avoit Valstein, lorsqu'il fut rappelé. D'abord, pour remettre en réputation les affaires de l'Empereur qui n'en avoient presque plus, et relever la consternation des peuples par la croyance que leur parti avoit manqué de chefs et non pas de forces; voulant aussi établir une grande opinion de soi, il donna les commissions de la levée de soixante régiments; il traita avec Vladislaüs, roi de Pologne, pour la

levée de vingt mille cosaques; il négocia
avec le duc de Lorraine pour l'engager à
la guerre; il envoya jusques en Italie faire
achat des meilleures armes, et sema partout des bruits très-avantageux pour son
parti. Et afin que les effets ne trompassent
point entièrement l'attente publique, et
qu'avec plus de facilité il assemblât ses
troupes, desquelles dépendoit la ressource
de sa grandeur, il choisit les environs de
Znaïm pour y former son corps d'armée,
porté à cela par la commodité de la situation, sur les confins de la Moravie et des
provinces héréditaires, où depuis la guerre
suédoise l'abondance et la paix étoient encore, et où la fureur ennemie et le mal
domestique des quartiers d'hiver n'avoient
point pénétré. En ce lieu, pendant qu'il
écrit civilement aux colonels, que dissi-
mulant sa fierté naturelle, il s'emploie
pour eux avec des marques de courtoisie

et d'amitié, qu'aux bons accueils il joint
la largesse et la profusion, qu'il n'épargne
ni soin, ni argent, les soldats accourant
en foule sur son crédit, il leva dans trois
mois une armée, sinon aussi nombreuse
que la renommée l'avoit promise, au moins
beaucoup plus forte que l'on ne l'avoit attendu, aidé en cela des présents du roi
d'Espagne et de la contribution volontaire
des principaux ministres de Vienne, grande pour des particuliers, mais peu consi-
dérable dans une telle nécessité; suppléant
surtout par son bien à secourir les pauvres officiers, et par son adresse engageant les riches à faire des troupes de leur
argent, sur l'espoir de recouvrer leurs
avances dans l'opulence du butin et des
garnisons.

Après qu'il voit toutes choses assez pré-
parées, se rejetant dans ses artifices ordinaires, il écrit à Vienne qu'il avoit satis-

fait à sa promesse et qu'il se vouloit retirer; que l'armée étoit prête, mais qu'il souhaitoit la paix domestique; qu'on envoyât un général; qu'on lui accordât le repos bien assuré. Il savoit pourtant que ce qu'il demandoit n'étoit pas possible; car, remettant dans l'emploi les capitaines qu'il avoit entretenus dans sa disgrâce, donnant deux ou trois régiments à chacun de ses parents ou de ses anciens affidés, avec ce prétexte d'épargner les payes principales et d'aguerrir les nouveaux soldats sous de vieux chefs; obligeant les colonels, dont il s'assuroit le moins, de hasarder leurs biens sur la seule espérance de ses paroles; gagnant les principaux officiers par les hautes charges; corrompant les soldats par les présents, et généralement tout le monde par l'attente de sa fortune, il avoit fait en sorte que cette armée ne pouvoit subsister sans lui, et réduit l'Empereur à une nécessité absolue de lui en conserver le généralat.

Quand on sut à Vienne qu'il continuoit à témoigner du dégoût pour le service, les ministres d'Espagne et ceux de Bavière tentèrent derechef de lui ôter le commandement. Les premiers, qui gouvernoient le roi de Hongrie par le moyen de sa femme absolue sur son esprit, et dépendant entièrement de leurs conseils, vouloient prendre cette occasion pour rendre ce prince maître des armes et des affaires. Le duc de Bavière appréhendoit de revoir l'autorité entre les mains de celui qu'il en avoit dépouillé. Ils apportoient, les uns et les autres, pour raison que la puissance de Valstein ayant soulevé l'Allemagne la confirmeroit dans sa rébellion si elle lui étoit renouvelée, et feroit peut-être songer à la révolte ceux qui jusques alors étoient demeurés fidèles; que la présence du roi de

Hongrie ramèneroit à leur devoir les princes et les peuples, honteux de porter les
armes contre le fils de leur souverain, et
qui le devoit être un jour lui-même; au-
trement, quelle opinion auroit l'Europe
du successeur de l'Empire si cet emploi
lui étoit ôté; et quelle plus grande marque
de la foiblesse de cet empire, que s'il falloit recourir honteusement à un homme
qu'on venoit de disgracier? Que c'étoit
condamner d'imprudence les derniers conseils, et s'exposer de nouveau à des périls
volontaires; que, sous prétexte du bien
public, on ne devoit pas se fier à Valstein
ni le mettre en état de venger les offenses
qu'il croyoit avoir reçues, principalement
quand, avec le désir de cette vengeance,
le dessein de la domination pouvoit se
trouver mêlé, qui sont deux choses dont
notre fidélité se défend malaisément; que
cet esprit étoit superbe et immodéré; qu'il

laissoit tous les jours échapper de nouvelles marques de son indignation, et que
dans la retraite de Prague il n'avoit mé-
dité que des desseins dangereux et vastes,
que de la dissimulation et de la colère.

Mais ces considérations, quoique pressantes, cédoient à la nécessité de l'em-
ployer pour conserver la nouvelle armée,
principal soutien du parti impérial. Ferdinand même, se ressouvenant dans la
calamité présente de l'état formidable où
ce chef l'avoit fait régner, comme c'est
l'ordinaire des malheureux de se laisser
aveugler aux plus foibles espérances, se
flattoit du retour de cette grandeur et se
rassuroit par les craintes qu'on lui donnoit. Ses conseillers, outre cela, jaloux de
la direction des affaires d'Allemagne que
les Espagnols vouloient usurper, espérant
que Valstein en s'unissant avec eux affer-
miroit leur crédit, favorisoient sa cause

et publioient que la maison d'Autriche en avoit besoin, qu'il falloit réserver l'Empereur pour une dernière extrémité, et ne pas exposer aussi le salut de ses états à la jeunesse et au courage de son fils, particulièrement dans une conjoncture où il n'étoit plus permis de faillir deux fois, et où toute l'expérience de l'art militaire suffisoit à peine. Ils ajoutoient que le duc de Bavière ne s'opposoit aux bons desseins que parce qu'il est naturel de haïr ceux que l'on a offensés; qu'il préféroit ses inimitiés privées à l'utilité générale, et qu'il vouloit dénuer l'Empire de son meilleur appui, lorsque peut-être il trahissoit lui-même l'Empire, car aussi en ce temps la fidélité de cet électeur devint suspecte, et par des lettres interceptées on découvrit qu'il ménageoit la paix avec le roi de Suède.

Ainsi on destinoit à Valstein le soin de la guerre; mais comme il n'avoit feint

tant de froideur que pour obtenir les avantages qui devoient servir de fondements à
son usurpation, voyant qu'on n'agissoit
point sincèrement, et que la haine de ses
ennemis cédoit au seul désespoir de leurs
affaires, prête à éclater encore toutes les
fois qu'ils pourroient le ruiner avec moins
de péril; que la bonne volonté de Ferdinand sembloit contrainte, et ses paroles
d'autant moins certaines qu'elles étoient
plus véhémentes et communes dans la
terreur, il se confirmoit de plus en plus
à maintenir l'autorité par l'artifice et par
la force, et croyoit qu'on ne pouvoit rien
commettre d'injuste contre ses mortels ennemis.

C'est pourquoi, lorsqu'après beaucoup
d'instances il eut enfin déclaré qu'il étoit
prêt de faire ce que l'on voudroit, pourvu
qu'on lui donnât ce qui lui faisoit besoin,
Échamberg et l'évêque de Vienne, qui

étoient retournés le trouver avec un am-
ple pouvoir de lui accorder toutes choses,
le pressant de proposer ce qu'il souhaitoit, comme s'il eût accepté une charge
onéreuse et demandé seulement les choses
qui pouvoient lui aider à en surmonter
les difficultés; il leur dit, parlant hardi-
ment, que beaucoup de raisons l'eussent
détourné du commandement où il s'enga-
geoit si l'amour de sa patrie et le désir de
servir son prince ne les avoient toutes
surmontées; qu'il avoit déjà employé son
bien; qu'il étoit prêt de hasarder encore
sa vie; qu'on vouloit qu'il ajoutât son honneur qu'il estimoit au-delà des richesses
et de la vie; qu'il étoit sur le point de commencer une guerre, en laquelle il y avoit
de la témérité d'espérer un bon succès
contre un roi belliqueux et habile, arbitre
jusques alors de la victoire et de la fortune,
auquel il n'opposoit que des soldats nou-

veaux ou vaincus; qu'il ne pouvoit rien
attendre de la foiblesse de l'Empire, de la
division de son conseil, de l'infidélité de
ses alliés; qu'il se trouvoit lui-même en
butte à la haine et à l'envie; que cependant, en cet état où tout lui étoit contraire
et où il n'avoit que sa vertu pour le soutenir, on attendoit avec impatience comment réussiroit son emploi; que si les bons
lui en souhaitoient l'issue heureuse, parce
qu'il alloit travailler au bien public, ses
ennemis en espéroient sa ruine, qu'ils
préféroient à leur patrie, préparés à l'ac-
cuser comme coupable s'il manquoit à
être heureux, et à lui imputer pour des
crimes des fautes de la fortune; que pour
ces raisons il falloit qu'il s'efforçât à faire
que les gens de bien ne se trompassent
point, que son honneur se conservât entier, et que la malice demeurât vaine; et
qu'il étoit juste que ceux qui malgré lui

l'appeloient à de si grandes difficultés lui accordassent les choses qu'ils jugeroient aussi bien que lui nécessaires à l'état présent, et sans lesquelles il ruineroit les affaires de l'Empire et sa réputation.

Après ce discours, d'autant plus vraisemblable qu'il paroissoit libre et d'un homme désintéressé, il leur donna des articles qui contenoient qu'on le fît généralissime des armées d'Autriche et arbitre de la paix, avec un pouvoir entièrement absolu et indépendant; que le roi de Hongrie ne se trouvât jamais à l'armée; qu'il pût de son autorité privée, et sans la participation des conseils de Ferdinand ni de la chambre de Spire, disposer des confiscations des rebelles, des permissions et des grâces, et que les pays héréditaires fussent destinés à ses troupes pour y prendre leur quartier d'hiver.

Ces conditions étoient dures, et Valstein,

pour les excuser, alléguoit que les grandes
entreprises n'avoient presque jamais réussi
que sous la conduite d'un homme ; que
souvent la fin en avoit été malheureuse
lorsque plusieurs s'en étoient mêlés ; que
les Romains, qui avoient chassé leur roi,
s'étoient vus contraints dans les dangers
de leur république de créer des dictateurs ;
que Gustave agissant seul, après de foibles commencements, se trouvoit victorieux au-delà de ses espérances ; qu'au
contraire la multitude des maîtres venoit
de perdre les meilleurs soldats du monde
et de mettre l'Empire près de sa subver-
sion ; que cet exemple touchoit assez pour
persuader combien l'autorité devient foible aussitôt qu'elle est partagée ; que la
crainte de la honte et le désir de la gloire
nous faisoient agir vigoureusement lorsqu'elles ne regardoient que nous ; quand
ces choses étoient communes, qu'on né-

5

gligeoit la réputation et le blâme où l'on
prenoit peu de part. Il employoit les mé-
mes raisons sur le sujet des négociations
de la paix, où le nombre nuit au secret,
où les différents intérêts et la conduite di-
verse aveuglent la prudence, retardent ou
détournent les occasions de traiter. Il
ajoutoit qu'il ne sembloit pas avantageux
que le roi de Hongrie commandât dans
l'armée ni bienséant qu'il obéît; qu'il n'é-
toit point utile que les gens de guerre
abandonnassent le service pour aller chercher la récompense de leurs travaux à la
cour, où leurs visages étoient peu connus,
et où d'ordinaire la brigue et les flatteries
falsifioient la vérité, décrioient les bonnes
actions, prenoient la place du mérite; qu'il
falloit que les bienfaits et les châtiments
fussent présents dans les armées si on vouloit conserver l'ordre et y gagner l'affection; qu'on ne trouvoit point de soldats

qui combattissent pour la gloire infruc-
tueuse; que l'envie du gain et de la grandeur les attiroit à la guerre; que leur sang
étoit le prix de leur fortune; que l'empor-
tement des passions causant nos fautes,
le plaisir de se satisfaire tournoit ces crimes en habitude lorsqu'on ne les châtioit
pas sévèrement; que, sous l'espérance de
l'impunité, les mauvais s'endurcissoient,
les bons se corrompoient, la discipline
étoit ruinée; qu'il ne vouloit la permission
d'établir les quartiers d'hiver dans les pays
héréditaires que pour s'en servir à l'extrémité, et pour maintenir l'armée réduite à
cette retraite pendant que les autres terres
de la Germanie se trouvoient désolées et
occupées par les ennemis; qu'il tâcheroit
bien par tous moyens d'hiverner ailleurs;
mais si le sort des armes demeurant dou-
teux tiroit la guerre en longueur comme
il y avoit apparence, ou même que la for-

5.

tune continuât à favoriser rapidement le mauvais parti, qu'il se faudroit résoudre à souffrir cette incommodité modérée si l'on ne vouloit plutôt voir les troupes suédoises piller les provinces, et l'héritage des Césars devenir la proie des barbares.

Tout cela paroissoit utile et innocent; les pensées de Valstein étoient bien autres : il tendoit à prendre la dictature dans l'Empire, afin de rendre méprisable Ferdinand dépouillé de sa majesté et réduit à une oisiveté entière, et ensemble d'accoutumer les gens de guerre à le reconnoître seul maître, chacun attachant d'ordinaire la servitude à la crainte ou à l'utilité présente, et ne s'étonnant guère de voir usurper la souveraineté par celui qui en fait les actes sur celui qui, s'en étant comme démis volontairement, semble l'avoir cédée au plus digne.

LXIX

Or, pour mieux cacher ce qu'il machi-
noit, et témoigner que ses desseins n'ex-
cédoient point les pensées d'un homme
privé, après les propositions qui regardoient les affaires générales, il en fit pour
lui-même, pressant avec instance qu'on
lui assignât dans l'Autriche la récompense des services qu'il rendroit, et que
la paix ne se pût traiter sans y compren-
dre sa restitution au duché de Mecklenbourg, témoignant par-là qu'il ne songeoit
qu'à s'attacher de nouveau et à dépendre
plus que jamais de la maison d'Autriche,
et qu'il limitoit son ambition et ses espérances au seul recouvrement de son ancienne dignité; demandant de plus que si
on l'ôtoit du service, il en fût averti six
mois devant, pour se préparer, disoit-il,
à se retirer sans désordre, soit qu'il tâ-
chât de persuader que, tenant son autorité indifférente et mal affermie, il étoit

éloigné des pensées de la conserver par la force; soit qu'il fût bien aise d'avoir ce temps-là pour presser sans précipitation la fin de son entreprise s'il s'y trouvoit obligé.

Après qu'on lui eut tout accordé, les Espagnols s'accommodant aux affaires, et selon le temps feignant de la joie de son rétablissement, lui envoyèrent leur ordre de la Toison pour une marque publique d'honneur et de bienveillance. Afin toutefois qu'il ne pût pénétrer que leur procédé eût rien de dissimulé ni de foible, et qu'ils ne semblassent pas abandonner tout-à-fait leur prétention de dominer en Allemagne, ils proposèrent qu'après que la Bohême seroit reconquise, le roi de Hongrie fît séjour à Prague avec une armée capable de défendre ce royaume et de le maintenir fidèle et tranquille. Valstein applaudit à cette ouverture, quoiqu'il vît assez où elle tendoit, bien certain d'en détourner l'exécution, et y condescendit de peur qu'on n'augurât quelque chose de mauvais de son refus. Le duc de Bavière, appréhendant de son côté d'attirer sur ses pays la vengeance implacable de son ancien ennemi, ploya aussi durant la nécessité, et, choisissant le moindre mal, rompit l'accommodement qu'il projetoit avec le roi de Suède, et se soumit de nouveau à la fortune de l'Empire.

Cependant la cour de Vienne s'occupoit à des processions publiques, et par des vœux demandoit à Dieu qu'il favorisât des armées qu'on destinoit en effet à sa ruine; au lieu que Valstein, persuadé qu'en n'agissant point on s'adressoit vainement au ciel qui haïssoit les supplications des fainéants, et qu'au contraire toutes choses ne manquoient jamais de réussir quand on s'employoit avec vigilance, diligence, et sagesse, s'occupoit seulement à hâter les préparatifs de son dessein, et attendoit sa bonne fortune de lui-même.

La mention que j'ai faite des Espagnols de Vienne m'avertit d'en dire quelque chose en peu de mots, et seulement pour l'éclaircissement de la matière. Lorsque Charles-Quint eut partagé entre les siens l'Empire et le royaume d'Espagne, ses successeurs demeurèrent dans l'union, croyant qu'il étoit de leur intérêt de faire même paix, même guerre, d'avoir même alliance, et que tout ce qui regardoit la grandeur de leur maison leur étoit commun. Et quand ils avoient consulté ensemble pour l'utilité publique, ils agissoient ensuite séparément, et chacun faisoit ses affaires. Rodolphe et Mathias en usèrent de la sorte; mais les troubles d'Allemagne ayant obligé Ferdinand à implorer plus fortement qu'à l'ordinaire la puissance des Espagnols, ceux-ci se servirent de sa facilité et d'une occasion si pressante pour empiéter sur la fonction de ses ministres, et voulurent diriger eux-mêmes les secours d'hommes et d'argent dont ils l'assistoient. Comme cette première usurpation leur eut réussi, ils se fortifièrent dans le conseil de l'Empereur par les pensions et par les présents, et dès lors rien ne s'y fit sans leur entremise. Leur ambassadeur eut depuis un conseil particulier pour délibérer sur ce qui se devoit proposer dans le général, où la plupart des résolutions suivoient ses projets, non sans une extrême jalousie de ceux d'entre les ministres allemands qui, possédant les bonnes grâces de Ferdinand et voulant gouverner seuls, tenoient à honte que des étrangers se mêlassent de l'administration de l'Empire. Ainsi les deux factions étoient opposées et l'Empire diversement agité. Cela nous suffit.

Valstein, ayant jeté si heureusement les fondements de sa révolte, délibéra de tirer la guerre en longueur, afin d'avoir le temps de gagner à soi l'armée, de laisser ruiner le duc de Bavière par les Suédois, d'affoiblir lui-même les provinces héréditaires dans le quartier d'hiver, et de s'accommoder à loisir avec les ennemis de son maître. Sans le succès de ces choses il ne pouvoit rien, et ces choses pour réussir avoient besoin de beaucoup de temps ; il résolut néanmoins d'user d'une extrême diligence à reconquérir la Bohéme, afin qu'après une si prompte expédition on eût peine à le soupçonner de la lenteur de la guerre, et qu'il pût comme insensiblement s'assurer de ce royaume. Je ne me suis rien moins proposé que de réciter le détail des gestes militaires de Valstein. Plusieurs, qui de dessein formé ont écrit l'histoire de la dernière guerre d'Allemagne,

LXXV

les ont soigneusement et élégamment ra-
contés. J'en dirai seulement ce qui sem-
blera nécessaire à mon sujet......

LA POMPE FUNÈBRE

DE VOITURE.

LA POMPE FUNÈBRE

DE VOITURE.

A M. MÉNAGE.

'AI une très-mauvaise nouvelle à vous mander; mais pour cela je ne vous exhorterai point à vous servir de votre constance, à lire Épictète, ni à vous préparer contre le malheur. Je ferois tort à votre vertu de croire qu'on la pût surprendre; et il me doit souvenir de la manière dont Homère se sert pour apprendre à Achille la mort de Patrocle, à cette heure que j'ai une pareille ambassade à vous faire. Si celui qui annonçoit

à Achille le trépas de son ami eût agi avec
un homme vulgaire, il eût fait faire des
pauses à la douleur de cet homme vulgaire. Il l'eût conduit par des degrés jusques où il le devoit mener : il lui eût dit
que Patrocle venoit de se battre contre
Hector, qu'il avoit été blessé en ce combat, et lui eût avoué ensuite qu'il y étoit
succombé. Cela ne se passe point de la
sorte chez le poëte. Le messager va son
droit chemin ; et comme si ce n'étoit pas
assez de dire à Achille, *Patrocle est mort,*
il débute par ces mots, Patrocle gît, et
commence ce récit par son épitaphe. Ainsi
je ne vous en ferai point à deux fois ; et,
pour vous traiter comme un grand homme, je vous dirai tout d'un coup :

> Voiture, ce pauvre mortel,
> Ne doit plus être appelé tel ;
> Voiture est mort, ami Ménage ;
> Voiture qui si galamment

Avoit fait, je ne sais comment,
Les Muses à son badinage;
Voiture est mort : c'est grand dommage.

Si vous me demandez de quoi, je vous dirai qu'ayant écrit qu'il n'étoit pas glorieux de mourir de la fièvre, cette maladie, qui prend les choses chaudement et qui se ressouvient toujours que les Romains l'ont adorée, n'avoit pu souffrir ce mépris, et qu'après avoir brûlé deux ans Voiture à petit feu, lorsqu'elle sembloit être satisfaite d'une si cruelle vengeance, tout d'un coup elle avoit redoublé sa haine contre lui, et avec tant d'ardeur et de violence qu'elle l'avoit emporté en quatre jours. C'est à quoi l'on attribue la cause de sa mort : ce qui me paroît assez vraisemblable. Je ne vous entretiendrai point des ouvrages que nos amis ont composés sur ce sujet, de la tristesse universelle de la cour, du grand deuil qu'ont pris mes-

LXXXII

sieurs de l'Académie, et enfin de ce qui
s'est passé entre les hommes aux derniers
devoirs qu'on a rendus à Voiture. J'ai bien
de plus grands mystères à vous révéler.
J'ai à vous apprendre ce qui s'est fait au
Parnasse, et combien illustres ont été les
funérailles dont Apollon et les Muses ont
honoré le défunt. Ne demandez point qui
m'en a instruit, c'est un secret trop grand
pour le confier à une lettre. Je vous le dirai à notre première vue; mais pour cette
fois contentez-vous de ce récit :

Lorsque des demi-dieux les âmes éternelles,
Délaissant pour jamais leurs dépouilles mortelles,
Volent vers les beaux champs où la paix et l'amour
Et les plaisirs tout purs ont choisi leur séjour;
Si, pendant les travaux de leur illustre vie,
Ces héros ont suivi la fortune de Mars,
Et si la gloire acquise au milieu des hasards
    A fait leur plus grande envie,
Sur un char triomphant pompeusement armé

Mars célèbre la mort de ceux qui l'ont aimé
    Par de sanglantes funérailles,
Par cent combats fameux, par cent fières batailles,
    Par la chute de cent murailles.
Mais si d'autres héros d'un sentiment plus doux
(Car il est des héros d'une douce manière,
Il en est de justice, il en est de bréviaire)
    Ont estimé de grands fous
    Ceux qui se fourrent aux coups,
    Et n'ont cherché que la gloire
    Qui vient aux adorateurs
    Des neuf Filles de Mémoire,
      Nommés auteurs :
    Soudain que la mort a pris
    Quelqu'un de ces beaux esprits
    (Un poëte, par exemple),
    Apollon sort de son temple,
    Et sur Parnasse montant,
    Tous les auteurs l'assistant,
    Couvert d'une robe noire
    Et d'un grand crêpe de deuil,
D'une pompe funèbre honore son cercueil.
    Je vous conjure de m'en croire,

6.

Sans demander quoi ni comment;
  Car enfin si seulement
  Vous en doutiez un moment,
  Je quitterois là l'histoire
  Qui n'a que ce fondement.

Supposé donc que vous me croyiez, je continuerai à vous dire qu'aussitôt que le foible Voiture eut rendu l'esprit, le génie, qui l'avoit accompagné pendant le cours de sa vie, partit, selon la coutume, pour en porter la nouvelle au Parnasse. Mais parce qu'il étoit délicat, qu'il faisoit la plupart de ses traites en litière, et qu'il s'amusoit à badiner par les hôtelleries, Voiture étoit pleuré parmi les hommes qu'Apollon ne savoit pas encore qu'il fût mort. On fit divers jugements de ce génie dans les lieux par où il passa : les uns le prenoient pour un génie enjoué, les autres pour un génie particulier, quelques-uns pour un grand génie. Il ne sembla commun à pas un, et pas un ne le trouva mauvais. Aussitôt que la nouvelle de la mort de Voiture fut sue d'Apollon, il fit écrire et porter les billets de son service, qui ne diffèrent des nôtres qu'en ce que c'est au nom du dieu qu'on prie, et qu'ils sont écrits en vers. Voici celui de Voiture :

De par le fils de Jupiter,
Vous êtes priés d'assister
Aux funérailles de Voiture,
Qui demain mardi se feront
Au Parnasse, sa sépulture,
Où les Muses se trouveront.

Tout le monde spirituel étant ainsi convié le mardi, qui fut le 7 juillet de l'année 1648, car, pour vous dire déjà une partie du secret, ceci se passoit au Parnasse à mesure que je l'écrivois, on commença la cérémonie des funérailles.

Au point de la clarté naissante,
L'Aurore pâle et languissante,

LXXXVI

Quand la porte du jour s'ouvrit,
De nuages noirs se couvrit,
Tâchant par ses couleurs funèbres
A continuer les ténèbres.
Sous ces tristes manteaux de deuil,
Elle parut la larme à l'œil,
Et rendit en cette aventure
Céphale jaloux de Voiture.
Du grand déluge de ses pleurs
Elle noya toutes les fleurs,
Et grossit les flots d'Hippocrène
Presque autant que ceux de la Seine.
Quelqu'un qui cet endroit lira,
Quelque bel esprit, me dira
Qu'encor que Voiture eût des charmes,
Il ne méritoit pas ces larmes;
Que l'Aurore se faisoit tort
De pleurer chaudement sa mort,
Vu qu'il montroit partout pour elle
Une aversion naturelle,
Ne la voyant que rarement,
Et toujours fort chagrinement;
Se couchant quand elle alloit naître,

LXXXVII

Lui fermant au nez la fenêtre,
Et mêmes étant si hardi
De recéler jusqu'à midi
Sous une pesante paupière
Le sommeil qui hait la lumière.
Entre nous, cette objection
Fait d'abord quelque impression,
Et mérite qu'on y réponde.
Or voici sur quoi je me fonde :
Je dis donc que ce grand ennui
N'étoit point pour l'amour de lui,
Mais seulement pour l'amour d'elles,
J'entends des neuf doctes pucelles,
Qui depuis long-temps, ce dit-on,
Gouvernent madame Tithon,
Et qui toutes l'avoient priée,
Comme leur meilleure alliée,
De pleurer de bonne façon
Le trépas de leur nourisson.
Ce qu'elle avoit bien voulu faire
Dans la crainte de leur déplaire,
Et de perdre ses beaux habits
D'or, de perles, et de rubis,

Dont ces neuf sœurs l'ont équipée
Comme l'on fait une poupée.
Même on dit que sans s'affliger
Elle les pouvoit obliger;
Car cette déesse amoureuse
De sa nature est fort pleureuse.
Or dans peu l'orage cessa,
Et soudain le convoi passa.

Premièrement parurent les Grâces, les cheveux en désordre et sans leurs guirlandes accoutumées. Elles avoient déchiré leurs vêtements pour témoigner leurs déplaisirs, et étoient quasi nues. Elles conduisoient cinquante amours communs, qui portoient, au lieu de leurs flambeaux ordinaires, des torches à demi éteintes de leurs larmes, et marchoient deux à deux ayant leurs bandeaux déchirés, leurs carquois renversés et vides, leurs arcs traînants, et leurs ailes ployées et basses. Trente petits cupidons suivoient ceux-ci, et faisoient

beaucoup plus les affligés que leurs compagnons ; mais on soupçonnoit cette grande douleur d'hypocrisie, car ces trente
étoient tous amours coquets, qui sont de
grands comédiens, et qui ne ressentent
jamais les passions qu'ils témoignent. Le
défunt n'avoit point eu de plus chers amis,
ni qu'il eût plus volontiers employés en ses
affaires. Aussi étoient-ils choisis pour porter une partie des honneurs de la pompe,
et tenoient, l'un la bigotère, l'autre le miroir, l'autre les pincettes, et enfin les autres les peignes d'écaille de tortue, les boîtes
de poudre, les pommades, les essences, les
huiles, les savonnettes, les pastilles, et le
reste des armes qui avoient servi aux con-
quétes du grand Voiture. Mais voyez comment on se trompe au choix qu'on fait des
amis. Ces petits fripons, qui pensoient du-
per le monde avec leurs larmes feintes,
dès qu'ils croyoient n'être point aperçus,

badinoient avec les choses qu'ils portoient.
L'un faisoit des grimaces devant le miroir ;
l'autre se bridoit de la bigotère ; l'autre
tiroit les poils des sourcils de ses compagnons avec les pincettes. Il y en avoit
même un qui s'enfarinoit de la poudre,
et un autre qui se faisoit des lunettes de
la peinture dont dans les derniers temps
Voiture rajeunissoit ses cheveux et sa barbe. Après eux paroissoient vingt grands
cupidons couronnés de palmes et de cyprès, armés en amours, mais ayant leurs
armes couvertes de crêpe. Ils portoient
les marques de plusieurs victoires galan-
tes : des bracelets de cheveux, des bagues,
des rubans, des bourses pleines d'argent,
des bavolets, et des aprestadors de pierreries ; car Voiture avoit aimé depuis le
sceptre jusqu'à la houlette, depuis la couronne jusqu'à la cale.

Un certain amour de respect,
Amour d'ordinaire suspect,
Et qui demande davantage
Qu'il ne montre dans son visage,
Avec un autre amour discret
Qui se pique d'être secret,
Suivoient cette brave vingtaine,
Portant deux cassettes d'ébène.

Ces cassettes étoient remplies, l'une de poulets, et l'autre de boîtes de portraits. Les poulets étoient cachetés, et les boîtes de portraits fermées. On voyoit après eux un amour seul, qui avoit la mine d'un enfant fort opiniâtre. On l'appeloit *l'amour constant.* Celui-là de sa nature est bien plus dangereux que ses frères. Le mauvais garçon avoit si cruellement tourmenté Voiture que, pour exprimer le désordre de son âme, il l'avoit contraint de faire imprimer au-devant du poëme de l'Arioste qu'il n'étoit pas moins furieux que Roland.

Aussi, depuis ces mauvais traitements, Voiture ne l'avoit jamais pu souffrir, non pas même en la personne de l'Angélique, pour laquelle il avoit tant enduré, tellement que cette pauvre dame en avoit été persécutée à son tour.

Elle avoit souffert sa blessure,
Sur la terre et les flots par le monde courant
Pour Voiture,
Mais pour Voiture indifférent;
Tantôt suivant sa débile personne
Des rivages de Seine aux rivages de Somme;
Et cela veut dire, en somme,
Depuis Paris à Péronne;
Pour flatter son tourment,
Chantant gaillardement :
« Puisque Voiture s'élogne,
« Je m'en vais dans la Pologne [1]. »

[1] Il y avoit une chanson de Pont-Neuf sur le départ de la reine de Pologne, dont la reprise étoit : *Puisqu'il faut que je m'élogne, etc.*

XCIII

D'un si bon conte c'est assez.
Ménage, vous la connoissez,
Et vous savez toute l'histoire
Du grand conducteur Cuisse-noire.
Revenons donc à nos moutons,
Qui sont les amours, et contons :

On ne s'étonna pas de voir cet amour
constant à l'enterrement d'un homme qui
le haïssoit si fort ; car c'est sa coutume
(au moins à ce qu'il jure) de durer jusques au tombeau, de vaincre même la
mort, et de se perpétuer comme un phénix dans les cendres de la personne ai-
mée, après avoir été comme un phénix
brûlé de ses deux soleils.

Mais de tels discours fort souvent
Autant en emporte le vent,
Et peu de gens vont à l'école
De la veuve du roi Mausole.
Or cela soit dit en passant
Pour la belle que j'aime tant.

XCIV

Enfin suivoit une volée
Grande et confusément mêlée
D'amours de toutes les façons.
C'étoient tous ces oiseaux garçons
Dont Voiture a donné la liste [1].
Après on voyoit sur leur piste
Les amours d'obligation,
Les amours d'inclination,
Quantité d'amours idolâtres,
Une troupe d'amours folâtres,
Force cupidons insensés,
Des cupidons intéressés,
De petits amours à fleurettes,
D'autres petites amourettes,
Mêmement de vieilles amours,
Qui ne laissent pas d'avoir cours
En dépit des amours nouvelles,
Et qui même sont assez belles;
Car vous savez qu'on dit toujours
Qu'il n'est point de laides amours;
Et bref tant d'amours, qu'à vrai dire,

[1] Dans l'épître à M. de Coligny.

On ne pourroit pas les décrire.
Comme l'on voit les étourneaux
Tournoyant aux rives des eaux,
Lorsque la première froidure
Commence à ternir la verdure;
Leur nombre qui surprend les yeux
Noircit l'air et couvre les cieux;
Tels ou plus épais, ce me semble,
Se pressant cheminoient ensemble
Tous les amours de l'univers.

Mais un peu de trève à nos vers,
Et, pour discourir d'autre chose,
Retournons tout court à la prose.

Les amours achevoient de passer lorsque l'on vit venir les auteurs que Voiture avoit aimés, et auxquels il avoit fort affecté de ressembler. Ils honoroient cette pompe de leur présence, et marchoient selon leurs degrés d'ancienneté. Les Latins alloient les premiers, car pour les Grecs, d'autant que Voiture prétendoit que tout François, de par Francus, descendoit d'Hector, il les avoit toujours haïs comme les ennemis de ses pères. Il avoit composé en latin quelques épîtres et quelques vers que l'ancienne Rome auroit approuvés; et, pour l'en récompenser, plusieurs prioient Tibulle de pleurer sa mort par une élégie, et Pline le jeune d'honorer sa mémoire par un panégyrique. Mais ils s'en excusoient tous deux, l'un, parce qu'il y avoit long-temps qu'il n'avoit fait de vers; l'autre, sur ce qu'il ne haranguoit plus depuis qu'il étoit mort; et ils vous les renvoyoient, protestant que vous composiez des vers dignes du siècle d'Auguste, et que votre prose égaloit celle des meilleurs écrivains de ce même siècle. Une partie de leur troupe chantoit les louanges de ce bel esprit. Voici les vers que quelques-uns de cette troupe firent pour son épitaphe :

XCVII

Pullus Apollinis,
Heu ! lacrymabili
Morte peremptus,
Inclytus istâ
Conditur urnâ.
Spargite flores,
Et tumulo levi
Hoc mansurum
Addite Carmen,

VETTURIUS NULLI NUGARUM LAUDE SECUNDUS.

Les Italiens marchoient après les Latins, et chantoient à l'envi

Sonetti, madrigaletti,
Versi sciolti vezzozetti
Per Vincenzo Vetturetti.

Le Ciéco d'Adria, entendant ainsi louer Voiture, demandoit au Tassoné qui le conduisoit qui étoit ce François dont on disoit tant de bien ; car pour lui il ne l'avoit jamais vu et n'avoit jamais lu aucun de ses

7

ouvrages. Le Tassoné, à sa mode accou-
tumée, lui répondoit :

> *Era quel Vetturetto, un Christiano*
> *Maninconico in vista e picciolino ;*
> *Mà d' ingegno si grande e si sourano,*
> *Che Pegaso, caval da Paladino,*
> *Sotto quel grave peso andava piano,*
> *E parea caval da Vetturino,*
> *Benche tal volta porti sù la schiena*
> *Di poëti moderni una dozzeina.*

Les Espagnols passoient les troisièmes,
et disoient en chemin faisant *unas decimas*
que Voiture avoit composée en castillan.

> Ces gens, ravis de la beauté
> De ces vers pleins de majesté,
> Admiroient un si noble ouvrage ;
> Et chacun, au style trompé,
> Crioit tout haut en son langage :
> *És dé Lopé, és dé Lopé.*

Lopé qui se voyoit flatter,

XCIX

Pour ôter tout lieu de douter
Qu'il n'eût fait ce divin poëme,
D'une fausse gloire pipé,
Crioit comme un diable lui-même :
És dé Lopé, és dé Lopé.

Y los echos de Parnasso
Por favorescer Vettura,
Otro Narcisso moderno,
Aunque és dé Lopé oieron
És de Vettura dixeron.

Après ces auteurs étrangers paroissoient nos vieux romanciers. On y voyoit
presque tous ceux qui ont écrit depuis
Philippe-Auguste jusques au grand roi
François. Et parce que Voiture avoit pris
un singulier plaisir à lire leurs ouvrages
et à travailler en leur style, pour l'en récompenser ils vouloient chroniquer ses
faits, et donnoient en passant un inven-
taire des chapitres du roman qu'ils pré-

7.

tendoient en écrire. Celui qu'on m'a apporté dit ainsi :

[1] La Coste Monbrun.

[2] Le maréchal de Gramont.

[3] Le comte de Saint-Aignan, qui porte toujours une mouche.

[4] M. Arnault.

gabant entre eux trois, envoyèrent par un ménestrel joyeusetés rimées à Vetturius, et sa réponse.

CHAPITRE III.

Comme Vetturius arriva à la cour de la reine Lionnelle de Galle ; comme il en devint amoureux, et comme il en fut chassé par les menées de Hunault d'Armorique et de Rousselin de Grenade.

CHAPITRE IV.

Comme, après la mort de Hunault d'Armorique, Lionnelle vint visiter Vetturius chez un Vavasseur, où il étoit au lit gisant de ses plaies ; comme il la méprisa, et comme, étant guéri, il fut à la conquéte de la lionne du Temple marécageux[1].

[1] Mademoiselle Paulet, qui logeoit au Marais du Temple ; lionne à cause de son courage et de ses cheveux dorés.

CHAPITRE V.

Comme Vetturius entreprit la conduite de la reine de Sarmatie [1] jusques au château des Péronnelles, et comme Lionnelle l'y suivit dans le char de l'enchanteur Fiacron [2].

CHAPITRE VI.

De la cour plénière que tint le duc Gravelinor [3], où Vetturius introduisit les nains et autres messagers [4] ; comme il servoit au manger devant l'empereur de Lutèce [5],

[1] La reine de Pologne. Il la suivit jusqu'à Péronne comme maître d'hôtel du roi.

[2] Carrosse de louage. Voyez les Origines de la langue françoise.

[3] M. d'Orléans, qui a pris Gravelines.

[4] Il étoit introducteur des ambassadeurs chez son altesse royale.

[5] Il étoit maître d'hôtel chez le roi.

et comme son premier trésorier lui bailla
en garde son aumônière [1].

CHAPITRE VII.

Comme Cazalie fut délivrée des mains
du géant Gérion par Herculin d'Austrasie [2],
et de la noble chronique que Vetturius en
compila.

CHAPITRE VIII.

Comme Vetturius sacrifia au temple de
la divine Aplanie [3], et comme il grava les
vertus du prince Porphyrogène et celles
de la belle Mégalopolie sa sœur [4].

---

[1] M. d'Avaux, surintendant des finances, le fit son
premier commis. *Aumônière* signifie *bourse.*

[2] Cazal, secourue par Hercule de Lorraine ; c'est
M. le comte de Harcourt.

[3] Madame la princesse douairière, à cause de la de-
vise de Montmorenci, APLANOS.

[4] M. le prince de Conti et madame de Longueville.

CHAPITRE IX.

D'une lettre que l'incomparable Germa-nicus et deux siens chevaliers écrivirent à l'illustre Julie[1]; et comme le généreux Osiermont[2] d'Alsace se reposa de la réponse sur la clergie de Vetturius, qui moult no-blement s'en acquitta.

CHAPITRE X.

Comme Vetturius arriva au palais des fées où il devint carpe. D'un merveilleux brochet qu'il y trouva[3], qui avoit vaincu tous les poissons de la mer; et comme en présence de la nymphe Galatée ce brochet fut fait son compère.

[1] M. le prince, M. de La Moussaye, et M. Arnault, écrivirent en vers à madame de Montausier.

[2] Gouverneur d'Alsace.

[3] Cela est fondé sur la lettre de la carpe. Ils avoient joué au jeu des poissons, où M. le prince étoit le bro-chet.

CHAPITRE XI.

Comme Vetturius composa maint lais, et au dernier, le lai de la fièvre qu'il harpa au tournoi des neuf preux en présence de Germanicus[1] ; et comme, après avoir ramentu les hauts faits de Germanicus, les neuf preux l'assirent au dixième siége, surnommé par Merlin le siége d'accomplissement de chevalerie.

C'est là en somme ce que contenoit la matière de ce roman, à laquelle maître François Rabelais avoit ajouté sept autres chapitres par la permission de ses devanciers ; d'autant, disoit-il, qu'il étoit bien aise de s'acquitter aussi bien qu'eux des honneurs qu'il avoit reçus du mort, et que

[1] La pièce sur la maladie de M. le prince, qu'il récita à Chantilly, où M. le prince et sa cour couroient la bague.

les choses qu'il avoit à ajouter ne se pouvoient bonnement écrire qu'en style pan-
tagruélique. Ces chapitres apprenoient :

CHAPITRE PREMIER.

Comme Vetturius cribloit de nuit dans
l'université d'Orléans, et comme un ma-
tois normand [1] lui coupa les doigts.

CHAPITRE II.

Comme un esprit follet emporta Vetturius au royaume des Alphabets [2], où il
accorda les lettres. Comme il en fut re-
mercié par le roi Tarinde Grammaire; et
comme il entretint le prophète Bdel-neuf-
germicoposant [3] en son patois.

---

[1] Le président des Hameaux.
[2] Voyez les vers de Voiture, où quelques lettres se
plaignent de n'entrer pas dans le nom de Neuf-Germain.
[3] Neuf-Germain.

CHAPITRE III.

Comme Vetturius arriva en l'île des Mensonges, où il s'amouracha de la belle Extraordinaire, fille de Nazin de Gazette, dynaste du pays. Comme les archives lui en furent montrées, où il ne vit qu'histoires hebdomadaires qui ne contenoient que billevesées.

CHAPITRE IV.

Comme Vetturius apprenoit aux nouveaux mariés [1] ce qui s'étoit passé entre eux le jour de leurs noces.

CHAPITRE V.

Comme Vetturius se battoit nuit et jour : et de l'édit des duels qui n'étoit pas fait pour lui.

[1] Dans la lettre à M. de Coligny.

CHAPITRE VI.

Comme Vetturius emprunta le cornet et les dés de Bridoie, dont il ne put trouver chance ; et comme il sembloit niaiser, et pourtant n'étoit grain niais.

Ces romanciers étoient suivis d'une troupe de bonnes gens se lamentant pitoyablement. C'étoient nos vieux poëtes que Voiture avoit remis en vogue par ses ballades, ses triolets et ses rondeaux, et qui par sa mort retournoient dans leur ancien décri. Marot, qui surtout lui étoit le plus obligé, se plaignant plus fortement que les autres, et à demi désespéré, leur chantoit cette ballade :

> Maître Vincent nous avoit retirés,
> Par ses beaux vers faits à notre manière,
> Des dents des vers nos ennemis jurés,
> Du long oubli, d'une sale poussière.

Lorsque jadis nous tenions cour plénière,
Tout gentil cœur composoit un rondeau;
Vieille ballade étoit un fruit nouveau;
Les triolets avoient grosse pratique;
Tout nous rioit; mais tout est à vau-l'eau :
« Voiture est mort, adieu la Muse antique. »

Bien est raison que soyons éplorés
Quand Atropos la parque safranière,
En retranchant les beaux filets dorés,
Où tant se plut sa sœur la filandière,
A fait tomber Voiture dans la bière.
Bien nous faut-il prendre le chalumeau,
Et tristement, ainsi qu'au renouveau
Le rossignol au bocage rustique,
Chacun chanter en pleurant comme un veau,
« Voiture est mort, adieu la Muse antique. »

Or, nous serons partout déshonorés :
L'un sera mis en cornets d'épicière;
L'autre exposé dans les lieux égarés
Où les mortels d'une posture fière
Lui tourneront par mépris le derrière;

CX

Plusieurs seront balayés au ruisseau ;
Maint au foyer, traînant en maint lambeau,
Sera brûlé comme un traître hérétique.
Chacun de nous aura part au gâteau.
« Voiture est mort, adieu la Muse antique. »

ENVOI.

Prince Apollon, un funeste corbeau,
Eu croassant au sommet d'un ormeau,
A dit trois fois d'une voix prophétique :
Bouquins, bouquins, rentrez dans le tombeau,
« Voiture est mort, adieu la Muse antique. »

La déesse Badinerie suivoit les auteurs.
Sa tristesse paroissoit badine, et elle étoit
accompagnée du vieux badin¹ que vous
connoissez.

> Il me semble que je le. . . . . . . voɪ
> De noir comme un page vê. . . . ᴛᴜ,

¹ Neuf-Germain qui fait des vers, les syllabes du nom
de celui pour qui il les fait servant de rimes.

CXI

En sa nouvelle tablatu. . . . . . . RE,
Cherchant trois rimes à Voiture.

Il cheminoit en ce con. . . . . . . VOI
Le front ridé, l'œil abat. . . . . . TU,
La barbe jusqu'à la ceintu. . . . RE,
Triste du trépas de Voiture.

Cet homme menoit le cheval Pégase en
main, et ce cheval étoit là venu, parce
que, comme Voiture étoit petit, il avoit
accoutumé de s'agenouiller badinement
toutes les fois qu'il vouloit monter dessus;
le pauvre cheval marchoit avec grand'-
peine, tant il avoit les jambes de derrière
gorgées de ces eaux qui lui descendent
incessamment, et qui se sont tellement
corrompues sur sa vieillesse, qu'enfin elles
ont fait un vilain marais au pied du Parnasse et produit toutes les grenouilles
poétiques dont nous sommes persécutés.

Comme un vieux cheval de ren... voi
Maigre, harassé, courba........ tu,
Venoit la débile montu........ re
Aux funérailles de Voiture.

Son corbeau et son chien [1] y étoient
aussi. Le corbeau jetoit des cris pitoya-
bles, et le chien ne disoit mot; au contraire, il marchoit fort pensif et tenoit la
queue entre les jambes. On s'étonna fort
de n'y voir point le grillon, le hibou, la
tortue, et la taupe, à qui Voiture avoit
donné l'immortalité dans ses ouvrages [2],
et qui, à moins d'une étrange ingratitude,
ne pouvoient lui refuser les derniers devoirs; mais le misérable état où le désespoir de cette mort les avoit réduits, et
dans lequel ils sont encore, les devoit

[1] Il avoit un corbeau et un chien.
[2] On envoya à M. Esprit, pour étrennes, un grillon,
un hibou, une tortue, et une taupe; et Voiture fit des
vers sur cette galanterie.

bien excuser. Vous aurez peine à croire ce que je vous en vais dire, et vous ne vous .imagineriez jamais les choses que leur douleur les force de faire, si un autre que moi vous les racontoit. Mais je vous les garantis vraies, car je les sais d'original.

Le grillon saisi de douleur,
Voulant mourir en ce malheur,
S'étoit, cheminant sur les pistes
Des anciens gymnosophistes,
Au travers des flammes jeté
Et dans un four précipité;
Mais tous ses amis, qui coururent,
A point nommé le secoururent,
Lorsque les ardeurs du fourneau
Commençoient à griller sa peau.
Maintenant, contre son envie,
Forcé de conserver sa vie,
Gardé des siens, plein de courroux,
Il se renferme dans les trous,

S

Et près des fours fait sa demeure,
N'attendant là sinon quelque heure
Que les gens ne s'en doutent pas,
Afin de courir au trépas,
Montrant par une voix dolente
Qu'empêcher sa fin violente
Lui cause un immortel ennui,
Et portant toujours avec lui
Sur sa peau plus noire que mûre
D'illustres marques de brûlure,
Comme autrefois on remarqua
La femme du grand Sénéca
Portant sur son visage pâle
Des marques d'amour conjugale.
Le hibou, l'unique soulas
Et les délices de Pallas,
Qui, devant que le bon Voiture
Eût subi la loi de nature,
Ne recherchoit que l'entretien
Du gentil peuple athénien ;
Maintenant, dont chacun s'étonne,
Ne voulant fréquenter personne,
Mélancolique, songe-creux,

CXV

D'un esprit fantasque et hideux,
Sous des toits remplis d'araignées,
Ou dans des forêts éloignées,
Il fuit la lumière du jour ;
Et lorsque la nuit à son tour
Couvre l'univers de ténèbres,
Il pousse mille cris funèbres,
Songeant seulement à gémir
Sans se coucher et sans dormir.
D'ailleurs la discrète tortue,
Pleine de l'ennui qui la tue
De voir dans la tombe enfermé
Le mortel qu'elle a tant aimé,
Pour cacher sa douleur secrète,
De crainte que l'on n'en caquette,
Choisit sa petite maison
Comme une éternelle prison ;
Et là, seule, veuve, et dépite,
Ne reçoit aucune visite.
De là vient qu'assez à propos
Le monde dit que sur son dos
Elle portera sa demeure
Jusques au moment qu'elle meure,

8.

CXVI

Sans s'en éloigner tant soit peu,
Quand même on y mettroit le feu,
Et sans désormais plus paroître
Qu'un peu la téte à la fenêtre.
Mais on tient pour tout assuré
Que la taupe a si fort pleuré
Qu'enfin elle a perdu la vue;
Qu'elle dit qu'elle est résolue
De porter toujours le grand deuil;
Et, pour rencontrer le cercueil
Qui le fameux Voiture enserre,
De fouiller par toute la terre,
Cherchant surtout dans les jardins,
Comme croyant que les jasmins
Et les fleurs de cette nature
Naissent sur cette sépulture
Où le plus insolent hiver
N'oseroit les aller trouver :
Au reste, bien déterminée,
Ne cessant, ni nuit, ni journée,
De travailler aveuglément;
Et, si dans ce beau monument
Le destin permet qu'elle arrive,

CXVII

De s'enterrer là toute vive,
Et d'accompagner à la mort
Voiture qu'elle aima si fort.

Or maintenant je vous demande
Si cette misérable bande
Ne pouvoit pas honnétement
S'excuser de l'enterrement.

La Représentation de Voiture paroissoit
enfin couronnée de laurier, et portée sur
les épaules de huit beaux garçons. C'é-
toient les jeux et les ris qui l'avoient accompagné pendant sa vie. Mais les ris
étoient mélancoliques, et les jeux ne prenoient rien en jeu. Les quatre coins du
grand drap, sur lequel cette figure étoit
posée, étoient soutenus par Ronsard, Des
Portes, Bertault, et Malherbe. Jupiter menoit Apollon, et neuf des plus grandes
déesses chacune une Muse. Le reste de
nos poëtes des derniers temps suivoit la

figure et fermoit le convoi. Il y avoit, au reste, une telle foule le long du chemin qui va du temple d'Apollon au temple de Thémis, où on a élevé la sépulture des grands hommes, que, sans les satyres qui faisoient faire place à coups de thyrses, la pompe auroit eu peine à passer; les lauriers rompant sous le faix de la canaille poétique qui avoit monté dessus, et tout le monde avouant que depuis les funérailles de Catulle, que son siècle regardoit comme le nôtre a fait Voiture, on n'avoit point vu au Parnasse une si belle assemblée. Après qu'on eut rendu les derniers devoirs à l'image du défunt, Apollon, couronné de cyprès, tenant un luth, et s'avançant devant les hommes et devant les dieux, chanta des vers.

En cet endroit, si j'eusse cru l'enthousiasme, j'aurois poussé quantité de vers; mais la Raison s'étant présentée à point nommé, et m'ayant montré qu'il ne m'appartenoit pas de faire parler Apollon ni de louer Voiture, j'ai été obligé d'en demeurer là. Mon dessein étoit, après lui avoir donné toutes les louanges qu'on peut donner à un homme d'esprit, et qu'il méritoit sans doute, de le faire choisir par Apollon pour son collègue à l'empire de la poésie, et de faire ordonner à ce dieu que dorénavant les auteurs l'invoqueroient au commencement de leurs ouvrages.

De plus, je lui voulois bâtir en ces bas lieux
Un temple et des autels d'éternelle structure;
  Je voulois le placer aux cieux,
Et nommer de son nom quelque étoile VOITURE,
Comme nous appelons l'astre du nord ARCTURE.
Mais pour bien faire voir ces choses par écrit,
Et dignes de Voiture, et dignes de paroître,
  Il faudroit être bel esprit,
  Et je n'ai pas l'honneur de l'être.

L'ODE

DE CALLIOPE.

A M. ARNAUD.

ONSIEUR,

J'ai ordre d'une fille de votre connois-
sance de vous écrire ce qui s'est passé à
Saint-Cloud, et de vous réciter une aventure que nous y avons eue ensemble. Si je
devine bien, le mot d'aventure et le lieu
de Saint-Cloud vous feront d'abord songer
à quelque chose d'étrange, et vous ne tar-
derez guère à scandaliser votre bonne

amie et votre très-humble serviteur. Vous
autres galants êtes naturellement soup-
çonneux; et, comme vous jugez d'autrui
par vous-mêmes, vous ne sauriez vous
imaginer qu'un homme et une femme
puissent être seuls sans que l'amour fasse
le troisième. En cela, j'avoue que vous
réussissez souvent; mais, pour cette fois,
vous me permettrez de vous assurer que
la rencontre a été sage, que la conversation s'est trouvée guerrière et non amoureuse, que les chants de triomphe y ont
tenu la place des élégies, et qu'il n'y a rien
eu de coquet entre une pucelle de la vieille
roche, telle que vous la reconnoîtrez quand
je vous l'aurai nommée, et un homme qui
ne se pique plus de bonnes fortunes. Ces
vérités vous paroîtront mieux que je ne
vous le dis par la relation que je vous vais
faire. Je me promenois ces jours passés
avec Calliope dans les jardins de Gondi,

où les Muses se sont retirées depuis que
la barbarie les a chassées de la Grèce, et
le galimatias, d'Italie. La divine conversation du génie de Corinthe, qui les a reçues comme ses voisines et ses amies, le
murmure des fontaines, la fraîcheur des
ombrages, la tranquillité de la solitude,
la beauté de l'aspect, et enfin les délices
de ces lieux les charment si fort, que non-
seulement il leur est facile d'oublier le
Parnasse, mais Apollon même, qui vient
rarement en France depuis que l'insolence
burlesque et le malheur de sa rime font
qu'on l'y traite de violon. Il étoit matin,
c'est le temps où les Muses donnent plus
volontiers leurs audiences, et pendant lequel elles sont si favorables, que, s'il étoit
permis de prétendre à la galanterie de ces
farouches pucelles, la naissance de l'aurore seroit assurément pour elles l'heure
du berger. De bonne fortune, j'avois trou-

vé Calliope seule. Comme son esprit est grand et relevé, et qu'elle est plus fière que ses autres sœurs, aussi est-elle plus difficile à aborder et méprise davantage le commerce des mortels. De là vous pouvez bien penser que je n'aurois pas eu l'audace de m'en approcher, si le plaisir qu'elle prend à étre entretenue de la gloire du fameux prince de Condé, et à faire chanter les merveilles de sa vie, ne l'avoient obligée à m'appeler. Hé bien, me dit-elle, comme je lui faisois la révérence, la victoire de Lens ne sera-t-elle point célébrée? En vérité, lui répondis-je, c'est à quoi je songeois présentement; mais, à n'en point mentir, continuai-je, je m'y trouve tellement empêché, et les difficultés qui se présentent à mon esprit me semblent si grandes que je suis sur le point d'abandonner tout. Cependant, reprit-elle, nous estimons, mes sœurs et moi, qui, comme

vous savez, nous connoissons assez à ces
choses, que jamais le Parnasse n'a eu un
plus noble sujet pour les vers. Et cela
étant, lui répliquai-je, vous étonnez-vous
si je fais difficulté de l'entreprendre? et
quel poëme pensez-vous que je puisse
écrire à la gloire du plus fameux héros
du monde, moi dont le plus grand ouvrage
n'a été que la louange d'une souris? Si cette
difficulté seule vous empêche de chanter,
ajouta la Muse, je puis faire pour vous ce
que je fis jadis pour Hésiode, qui, s'étant
endormi homme de prose, se sentit poëte
à son réveil; et même, sans vous flatter,
je vous trouve plus de disposition à notre
art que n'en avoit ce bon homme; car c'é-
toit un rustique qui ne savoit que des vau-
devilles, au lieu que tout au moins avez-
vous déjà fait quelques sonnets et quelques
stances pour Cloris et pour Silvie. Mais,
dis-je, quand en faveur de mon prince

vous m'auriez accordé la grâce d'une si
avantageuse métamorphose, quand même
vous m'auriez donné l'âme d'Homère, qui
est la plus propre pour chanter les batailles et les héros, je ne pense pas que je
m'en pusse servir. Pourquoi? interrompit
Calliope avec étonnement; Homère n'est-il
pas le plus excellent de tous les poëtes?
Oui, sans doute, continuai-je, et digne
d'être élevé au-dessus de l'humaine condition; mais les héros du temps passé et
les nôtres sont bien différents : ni leur vie,
ni leurs coutumes, ni leur manière de
combattre, ne se ressemblent en aucune
sorte. Autrefois la Grèce ne se scandali-
soit point de voir comparer de vaillants
hommes à un âne au milieu d'un blé vert,
ou à une mouche dans une cuisine. Il étoit
merveilleux d'introduire dans les poëmes
des chevaux prophètes et immortels; rien
ne sembloit si fort qu'un bouclier de sept

cuirs. On peignoit dessus des vendanges
et des noces de village, et les rois, qui n'a-
voient pour sceptres que des bâtons, ne
faisoient aussi leurs présents que de tré-
pieds et de gobelets. Si aujourd'hui on en
usoit de la sorte, l'on ne seroit pas enten-
du, et peut-être pas souffert. Ronsard,
qu'on nomme le prince de notre poésie,
a-t-il bien réussi, à votre avis, en affectant
cette vieille singerie? Et ferois-je bien, par
son exemple, d'introduire le général Bec
raisonnant avec sa cavale, et lui faisant
cette promesse :

> Je doublerai, pour telle récompense,
> En tes vieux ans ton foin et ta dépense;
> Seule au haut bout je te ferai loger
> De mon étable?

Aurois-je bonne grâce, en décrivant l'armée, de fournir les rangs de vieux soldats

> Qui la moustache en la tasse lavoient?

9

Ou

De jeunes gens aux mentons damoiseaux?

Pour exprimer le bruit de ces combattants, me servirois-je de cette comparaison :

Ainsi qu'on voit les bien volantes grues
Craquer aigu?

Égalerois-je leur nombre aux neiges

. . . . Que l'on voit bruiner
Quand l'hiver vient les champs enfariner?

Et enfin, prenant entièrement le haut style, chanterois-je, à l'approche des armées,

. . . . Que l'ost tourbillonneux
Ennubloit l'air d'un poudrier sablonneux?

Vous voyez bien que cette sorte de poésie ne seroit guère au goût de notre siècle, et que je me brouillerois facilement avec mes amis de l'Académie si je remplissois mes écrits de *l'aigle foudrier*, des *hérauts claire-voix*, du *feu mangeard*, des *cliquan-tes armes*, du *sommeil mignon*, et du

Soleil perruqué de lumière.

Pour tout dire, trouveriez-vous bon vous-même qu'en vous appelant ma nourrice, je vous invoquasse de cette sorte :

Ma nourrice Calliope,
Qui, du luth musicien,
Dessus la jumelle crope
Du saint chœur parnassien?

D'ailleurs, il faut que je vous avoue que j'ai une extrême répugnance à quitter les ornements qui élèvent cette ancienne manière au-dessus de la nôtre, et qui l'ont fait appeler le langage des dieux; et encore pour me réduire à rimer simplement la gazette, sans fables, sans figures, dans un style mou et énervé, privé de toute hardiesse, et scrupuleux jusques aux paroles. Ainsi donc je me fortifie plus que jamais,

9.

quelque passion que j'aie pour la gloire de
ce grand prince, à ne point hasarder la des-
cription de la fameuse bataille qu'il vient
de gagner, puisque je ne saurois trouver
ce juste tempérament qui fait le style par-
fait, et qui le tient également éloigné de
notre prose mesurée et de la hardiesse
rude et sauvage des anciens. Et toutefois,
interrompit Calliope, cette glorieuse action
ne demeurera pas sans être chantée, et
même avant que nous nous séparions.
Vous en prendrez donc la peine, lui ré-
partis-je, car pour moi, je me garderai
bien d'en amoindrir le mérite en la louant
de mauvaise grâce. Oui, répliqua-t-elle
d'un visage plus ouvert et plus gai, ce
sera moi qui l'entreprendrai ; et plût aux
destins qu'il me fût permis de la célébrer
de la manière que nous chantons la naissance du monde, l'éducation de Jupiter,
la défaite des géants, et le reste des gestes

CXXXIII

des dieux immortels ! Mais les parques, qui
lient Jupiter lui-même, ne souffrent pas
que nos divines chansons viennent aux
oreilles des hommes ; et de cette sorte,
toutes les fois que nous voulons écrire
les actions de nos demi-dieux, nous sommes contraintes de nous contenter du génie de quelque mortel ; nous avons les
mêmes peines que lui pour les rim̃ pour
la beauté de l'expression, et pour la jus-
tesse des pensées ; et, comme à lui, il nous
faut beaucoup de temps pour produire
quelque ouvrage. Ainsi, quoiqu'il ne soit
pas encore huit heures à ma montre, je
m'assure qu'il sera nuit avant que l'ode
que je désigne soit achevée. Mais voici de
l'eau et des fruits, et nous ne ferons pas
plus mauvaise chère aujourd'hui qu'on la
faisoit au bienheureux siècle dont les poëtes font tant de bruit ; nous trouverons
même, sur ces couches et sur ces treilles,

des melons et des muscats plus délicieux
que le miel des chênes et le lait des rivières; et je quitterai pour vous la table des
dieux, si vous quittez pour moi celle de
la Durier. Or, afin de vous favoriser et de
vous faire voir que le style moderne est
capable des ornements de la vieille poésie, je veux servir de votre manière;
dans ce mélange, je gage que j'imiterai si
bien votre façon d'écrire, qu'après que je
vous aurai dicté mes vers, vous y serez
le premier trompé, et que vous jureriez,
à un besoin, que c'est vous qui les avez
faits. En cet endroit, Calliope s'étant tue
comme si elle avoit voulu méditer : Je me
sens infiniment honoré, lui dis-je, d'un
choix si avantageux. Je souhaiterois bien
pourtant, pour votre honneur, pour celui d'un si grand prince, et pour un si
haut dessein, que vous eussiez voulu prendre un plus habile homme; car je vous dé-

clare que, si votre ouvrage ressemble aux miens, vous allez faire un poëme plein de manquements, et donner lieu aux critiques de censurer justement les Muses. Cela pourroit bien être, répondit Calliope en souriant; et lors, m'ayant commandé d'appréter des tablettes, et de ne l'interrompre pas davantage, elle commença à composer ces vers, que j'écrivis à mesure qu'elle les dictoit.

L'ODE

DE CALLIOPE

SUR

LA BATAILLE DE LENS.

Quitte promptement l'armée
De l'invincible Condé,
Glorieuse Renommée
Qui l'as toujours secondé ;
Passe d'une aile légère
De l'un à l'autre hémisphère,
Et, sur la terre et les flots,
Dis de ce prince indomptable
Que l'histoire ni la fable
N'ont point de plus grand héros.

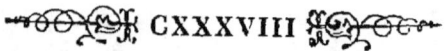

Dis qu'en sa dernière guerre,
Sur les campagnes de Lens,
Il a fait mordre la terre
Aux Espagnols insolents.
Mais quoi ! de cette victoire
Déjà le bruit et la gloire
Ont étonné l'univers,
Et pour ces grandes nouvelles
Tes paroles ni tes ailes
N'ont point attendu mes vers.

Des flots paresseux de l'Ourse
Jusques au brûlant climat
Où le Nil cache sa source,
L'on vante ce grand combat ;
L'on le vante où le Caucase
Aux cieux présente pour base
Mille effroyables rochers,
Et sa gloire est parvenue
Jusqu'à la terre inconnue
Aux plus hasardeux nochers.

Au récit de la vaillance

CXXXIX

D'un prince si redouté,
Dans le sérail de Byzance
Le Turc est épouvanté :
L'âme de frayeur saisie,
Aux derniers lieux de l'Asie
Il songe à se retirer ;
Et les troupes sanguinaires
De ses fameux janissaires
Ne le sauroient rassurer.

Le redoutable Sarmate,
Averti de son effroi,
Pour le terrasser se flatte
De voir mon prince son roi ;
Il prépare à cette guerre
Son arc et son cimeterre,
Prévoyant que le destin,
Lassé d'un tyran barbare,
Au vaillant Bourbon prépare
Le trône de Constantin.

Mais célébrons cette palme
Qui nous invite à chanter ;

 CXL

Partout la nature calme
S'apprête à nous écouter :
Tous les vents ont fait silence ;
Leur plus douce violence
Ne trouble plus ces rameaux ;
L'on n'entend plus le ramage
Des chantres de ce bocage,
Ni le murmure des eaux.

Déjà par toute la plaine
L'on dépouilloit les guérets ;
Déjà la grange étoit pleine
Des richesses de Cérès ;
Quand, de courage animées,
Les deux puissantes armées
Des François et des Flamands
Se joignirent, s'attaquèrent,
Avec fureur se choquèrent
Sur les campagnes de Lens.

Sous le harnois le plus riche
Que Vulcain ait inventé,
L'orgueilleux prince d'Autriche

Marche au combat souhaité;
Contre lui Condé s'avance,
Condé, de qui la vaillance
A mérité le nectar,
Et qui seul peut entreprendre
Avec plus d'heur qu'Alexandre
Et de vertu que César.

Ce prince marche à la tête
Des corps les plus avancés,
Et méprise la tempête
De cent canons courroucés;
Le laurier qui l'environne
D'une immortelle couronne
Brave la foudre et le fer;
Et quand ce héros s'expose,
Il ne craint point autre chose
Que de ne pas triompher.

D'une cuirasse éprouvée
Il prend le corps seulement;
Sa vertu dessus gravée
Lui sert encor d'ornement :

CXLII

On y voit en basse taille
Mainte fameuse bataille,
Rocroi, Norlingue, Fribourg,
La prise de mainte ville,
Dunkerque, Ypre, Thionville,
Wormes, Spire, et Philisbourg.

Il monte un cheval superbe
Qui, furieux aux combats,
A peine fait courber l'herbe
Sous la trace de ses pas;
Son regard semble farouche;
L'écume sort de sa bouche;
Prêt au moindre mouvement,
Il frappe du pied la terre,
Et semble appeler la guerre
Par un fier hennissement.

Avec ce grand capitaine,
Nos plus braves combattants
Couvrent le dos de la plaine
Sous mille drapeaux flottants;
Ils sont suivis des Polaques,

CXLIII

Invincibles aux attaques,
Des Écossois, des Bretons,
Des bandes de Germanie,
Des fiers soldats d'Hybernie,
Et des troupes des Cantons.

Jamais la guerrière France,
Fertile en braves soldats,
N'a vu tant d'obéissance
Ni d'ardeur dans les combats;
D'une discipline égale,
Aux campagnes de Pharsale
Suivant des partis divers,
Alloient les troupes de Rome,
Pour décider du grand homme
Qui conduiroit l'univers.

Déjà l'une et l'autre armée
S'attaquent avec fureur;
La poussière et la fumée
Forment la nuit et l'horreur;
Les escadrons s'entrepercent,
Les bataillons se traversent;

 CXLIV

La mort court de rang en rang
En cent hideuses manières,
Et les prochaines rivières
Roulent des ondes de sang.

Condé lance cette foudre
Qui, pour affermir son roi,
Fit trébucher sur la poudre
Les Espagnols à Rocroi;
Avec lui vont la victoire,
L'honneur, la valeur, la gloire;
· La fière Bellone et Mars
Font passage à cet Alcide,
Et Pallas de son égide
Le couvre dans les hasards.

Dans l'effroyable tuerie
Son cheval a succombé,
Un cheval de Barbarie
Est encor sous lui tombé;
Cependant rien ne le lasse,
Il n'est rien qu'il ne terrasse :
Il rompt mille bataillons;

CXLV

Et les piques hérissées
Sont devant lui renversées
Comme les blés des sillons.

Les secousses de la terre
Qui font crouler les rochers,
L'horrible feu du tonnerre
Qui renverse les clochers;
Le bruit et la violence
D'un noir torrent qui s'élance,
Et traîne, étant débordé,
Les troupeaux et les villages,
Ne sont que foibles images
De la force de Condé.

Lassé de la mort vulgaire
D'une foule de soldats,
Il cherche dans sa colère
De quoi signaler son bras;
L'archiduc est la victime
Qui d'un laurier légitime
Le peut orner dignement;
Il l'appelle, il le menace;

10

CXLVI

Mais Lupold quitte la place,
Et tremble d'étonnement.

Comme dans le gras herbage
Où la Dive étend son cours,
Deux taureaux pleins de courage
Combattent pour leurs amours;
Le moindre, prenant la fuite,
Se dérobe à la poursuite
De son superbe vainqueur,
Qui dans la vaste prairie,
Mugissant avec furie,
Le chasse et glace son cœur.

Ainsi Lupold plein de honte,
Et soupirant son malheur,
De mon prince qui le domte
Fuit la fatale valeur;
Avec pareille infamie
S'en va l'armée ennemie;
Bec, en ce funeste état,
Déteste sa destinée;
Bec, dont l'audace obstinée

CXLVII

Mena Lupold au combat.

Ce nouveau fils de la terre,
Géant plus audacieux
Que ses frères qu'un tonnerre
Fit jadis tomber des cieux,
Croyant aller à la gloire
D'une facile victoire,
Méprisoit nos combattants,
Et son orgueil ridicule
Ignoroit que notre Hercule
Savoit vaincre les Titans.

Enivré de l'espérance
De vaines prospérités,
Il domtoit déjà la France
Et désoloit nos cités;
Au bruit de cette tempête,
L'Espagne levant la téte
Attendoit ses conquérants,
Et les troupes basanées
Alloient des hauts Pyrénées
Tomber comme des torrents.

CXLVIII

Il voit les campagnes teintes
Du sang des siéns terrassés;
Il entend les tristes plaintes
Des mourants et des blessés;
Partout ses soldats sans armes
Se prosternent avec larmes
Aux pieds du victorieux;
Partout ils sont en déroute,
Le cruel frémit, et douté
S'il en doit croire ses yeux.

Il marche ardent au carnage
Comme un lion irrité;
Mais que lui sert tant de rage?
Il est lui-même domté;
Et tel qu'un autre Typhée,
Dont l'audace est étouffée
Par les monts siciliens,
Seul au milieu de la plaine,
Privé de force et d'haleine,
Il tombe sous nos liens.

Ce guerrier hautain et brave

CXLIX

Ne peut fléchir son grand cœur
A suivre comme un esclave
Le triomphe du vainqueur;
Son sang, qui teint son armure,
D'une profonde blessure
A grands flots sort de son flanc;
Sa face devient affreuse,
Et son âme furieuse
S'enfuit avecque son sang.

De son armure, étoffée
D'or et de pierres de prix,
Mon prince dresse un trophée
Au fier amant de Cypris;
Alentour sont entassées
Les dépouilles amassées,
Les harnois, les étendards,
Les tambours, les banderoles;
Et l'on y lit ces paroles:
« Condé les consacre à Mars. »

C'est assez; Vesper s'avance,
Il faut quitter nos chansons;

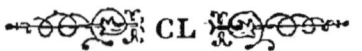 CL

Le vent qui rompt le silence
Murmure dans ces buissons;
Le soleil tombe sous l'onde;
La nuit va couvrir le monde;
Et, sur la terre et les flots,
Le sommeil, ouvrant ses ailes,
Épand les moissons nouvelles
De ses humides pavots.

Ce sont là, monsieur, les vers que Calliope me dicta, tantôt se promenant le
long des allées, tantôt se reposant au bord
des fontaines, tantôt retouchant aux stances qu'elle venoit de faire, tantôt en produisant de nouvelles. Après qu'elle eut
achevé cette ode, et que je la lui eus lue
tout entière : Je vous prie, me dit-elle en
riant, quand vous écrirez à M. Arnaud,
et que vous n'aurez guère de nouvelles à
lui mander, faites-lui le récit de cette aventure et lui envoyez mon ode. Et aussitôt

reprenant un visage plus sérieux : Surtout,
ajouta-t-elle, suppliez-le de ma part qu'il
la présente à ce grand prince, et qu'il l'assure que je suis sa très-humble servante.
Je ne doute point qu'il ne prenne cette
peine volontiers ; il y a long-temps qu'il
me connoît particulièrement et que nous
avons juré amitié dans le temple de la
Gloire, où son mérite et sa valeur le ren-
dent très-considérable. Comme j'allois lui
répondre, un des nourrissons des Muses
la vint avertir que l'ambrosie étoit portée,
et que ses sœurs l'attendoient. Alors cette
sage fille, qui ne vouloit pas les incom-
moder, me donna le bonsoir, après m'a-
voir avoué, en me quittant, que, quelque
peine qu'elle eût prise à élever mon génie,
son ouvrage étoit infiniment surpassé par
l'excellence de la matière.

CLII

LETTRE

ÉCRITE DE CHANTILLY

A MADAME DE MONTAUSIER.

Ni tout ce qu'on a dit de l'heureuse contrée
    Où messire Honoré fit adorer Astrée,
    Ni tout ce qu'on a feint des superbes
        beautés
De ces grands palais enchantés
Où l'amoureuse Armide et l'amoureuse Alcine
    Emprisonnèrent leurs blondins,
Ni les inventions de ces plaisants jardins,
    Que, malgré Falerine,
Détruisit le plus fier de tous les paladins;
    Tout cela, quoi qu'en veuillent dire
    Les gens qui nous en ont conté,
Est moins beau que le lieu d'où je vous ai daté,

CLIII

Et d'où je prétends vous écrire
En style de roman la pure vérité.

Le bruit que le zéphire excite parmi les
feuilles des bocages, au point que la nuit
va couvrir la terre, agitoit doucement la
forêt de Chantilly, lorsque dans la plus
grande route trois nymphes apparurent
au solitaire Tirsis ; elles n'étoient pas de
ces pauvres nymphes des bois plus dignes
de pitié que d'envie, qui, pour logis et
pour habit, n'ont que l'écorce des arbres :
leur équipage étoit superbe, et leurs vêtements brillants de l'éclat des pierreries ;
elles avoient sur leurs coiffures des cape-
lines couvertes de plumes, sur leurs épaules des trousses pleines de flèches, dans
leurs mains des arcs funestes aux bêtes de
la forêt qu'elles vouloient attaquer ; elles
venoient sur un chariot paré de velours
cramoisi bordé d'une crépine d'or et en-

richi de grosses houppes. La plus âgée,
par la majesté de son visage, imprimoit
un profond respect à ceux qui l'appro-
choient; celle qui se trouvoit à son côté
faisoit éclater une beauté plus accomplie
que la peinture, la sculpture ni la poésie
n'en ont pu jamais imaginer; la troisième
avoit cet air aisé et facile que l'on donne
aux Grâces : elle se trouvoit placée aux
pieds des deux autres sur un carreau de
toile d'or, et tenant d'une main des rênes
de soie, conduisoit quatre chevaux blancs
qui tiroient le chariot, et qui marchoient
d'un air plus superbe que les chevaux
d'Achille, que ceux de Rhésus, et que
ceux de Neptune qui firent triompher
Pélops; et, pour les ôter de toute comparaison, ces chevaux surpassoient en tout
les chevaux du soleil.

Aux deux côtés alloient deux demi-dieux,

CLV

L'un d'un air doux, et l'autre audacieux;
   L'un, comme un vrai foudre de guerre,
   Par Mars n'étoit pas égalé;
L'autre avecque raison pouvoit être appelé
   Les délices de la terre.

Cette divine troupe s'étant arrêtée à la rencontre du mélancolique berger, la première nymphe lui fit commandement de s'approcher d'elle; et, pendant que dans un profond respect ravi d'étonnement il admire cette aventure, la déesse, avec un ton de voix qui acheva de le charmer, lui parla ainsi :

   « Quitte ta mélancolie,
   Prends ta plume, écris à Julie
   Tout ce qui se passe en ces lieux;
Et, pour lui faire mieux connoître qui nous sommes,
   Nomme-nous comme font les hommes,
   C'est le commandement des dieux. »
   Le berger, homme assez sage,
   Suivant ce commandement,

Prit des hommes le langage;
Et, quittant là le roman,
Écrivit naïvement
Ce qui suit en cette page.

MADAME,

Hier au soir, entre chien et loup, je
rencontrai dans la grande route de Chantilly madame la princesse qui s'y prome-
noit, et qui n'eut jamais tant de santé,
accompagnée de madame de Longueville,
qui n'eut jamais tant de beauté, et de madame de Saint-Loup, qui n'eut jamais tant
de gaieté; toutes trois en déshabillé et en
calèche, suivies des altesses de Condé et
de Conti.

　　　Et d'un autre petit cadet
　　　Monté sur un petit bidet,
　　　Dont la mine mutine et fière
　　　Montre qu'il est fils de son père;
　　　C'est notre duc qui se fait grand,

Et qui visiblement profite
Sous la conduite
De madame de Champ-Grand,
Dont vous connoissez le mérite.

Madame la princesse m'ayant aperçu,
m'appela et me dit : « Sarrazin, je veux
que vous alliez tout à cette heure écrire à
madame de Montausier que jamais Chantilly n'a été plus beau, que jamais on n'y
a mieux passé le temps, qu'on ne l'y a jamais davantage souhaitée, et qu'elle se
moque d'être en Saintonge pendant que
nous sommes ici.

Mandez-lui ce que nous faisons;
Mandez-lui ce que nous disons. »
J'obéis comme on me commande;
Et voici que je vous le mande.
Quand l'Aurore sortant des portes d'Orient
Fait voir aux Indiens son visage riant,
Que des petits oiseaux les troupes éveillées
Renouvellent leur chant sous les vertes feuillées,

CLVIII

Que partout le travail commence avec effort,
    A Chantilly l'on dort.
Aussi lorsque la nuit étend ses sombres voiles,
Que la lune brillante au milieu des étoiles
D'une heure pour le moins a passé la minuit,
    Que le calme a chassé le bruit,
Que dans tout l'univers tout le monde sommeille,
    A Chantilly l'on veille.
    Entre ces deux extrémités
    Que nous passons bien notre vie!
    Et que la maison de Silvie
    A d'aimables diversités!
     Les sens y sont enchantés;
    Les bois, les étangs, et les sources,
    Et les ruisseaux qui dans leurs courses,
    D'un pas bruyant et diligent,
    Font rouler leurs ondes d'argent;
Les jardins, les forêts, les coteaux, les prairies,
    Le superbe bâtiment
    Paré de tapisseries,
Où la matière et l'art combattent noblement,
Et que vous connoissez particulièrement,
Peuvent-ils pas passer pour un enchantement?

CLIX

Ici nous avons la musique
De luths, de violons, et de voix ;
Nous goûtons les plaisirs des bois,
Et des chiens, et du cor, et du veneur qui pique ;
Tantôt à cheval nous volons,
Et brusquement nous enfilons
La bague au bout de la carrière ;
Nous combattons à la barrière,
Nous faisons de jolis tournois,
Nous allons tous à cours à l'ombrage des bois,
Et nous donnons le bal tous les soirs une fois,
Joignant l'humeur galante avec l'humeur guerrière ;
Et quant à nos festins, ils valent beaucoup mieux
Que le festin des dieux.
Ni le nectar, ni l'ambrosie,
Qui sont mets fort légers, selon ma fantaisie,
N'égalent pas nos perdreaux,
Ni les gros poissons de nos eaux,
Ni nos fruits très-bons et très-beaux,
Ni nos melons qu'on croiroit d'Italie.
Conterai-je dans cet écrit
Les plaisirs innocents que goûte notre esprit?
Dirai-je qu'Ablancourt, Calprenède et Corneille,

C'est-à-dire vulgairement,
Les vers, l'histoire, le roman,
Nous divertissent à merveille,
Et que nos entretiens n'ont rien que de charmant?
Or çà, parlez-moi franchement,
En vous imaginant ce divertissement,
Vous avez la puce à l'oreille,
Et vous haïssez bien votre gouvernement.
Quant est de moi, je vous conseille
De venir ici promptement,
Et pour vous y pouvoir trouver dans un moment,
D'emprunter la grande serpente
Où les bons Amadis s'embarquoient à souhait :
Elle court comme la tourmente,
Ou le cheval de Pacolet,
Qui vole comme une fusée;
C'est là justement votre fait,
Et la monture est fort aisée;
Car l'hippogriffe est un oiseau trop laid :
Tels palefrois font peur aux demoiselles;
Et puis du grand vent de ses ailes
Il gâteroit votre collet.
Venez donc, divine Julie,

CLXI

Notre princesse vous en prie ;
Ne vous faites plus désirer,
Et laissez en paix murmurer
Votre époux qui peste et qui gronde
Contre ceux qui prennent la fronde,
Et qui ne souffre nullement
Qu'on dise bien du parlement :
C'est un fier et merveilleux sire.
S'il vouloit pourtant nous écrire,
Il nous obligeroit bien fort.
Adieu, mon Apollon s'endort ;
Et je n'en pensois pas tant dire
Sur-le-champ, et tout d'une tire.

Toutefois, je ne suis pas encore si endormi que je ne sache bien qu'une lettre qui a commencé par *Madame*, doit aussi finir par *je suis votre très*, etc.

SONNET

A M. DE CHARLEVAL.

Lorsqu'Adam vit cette jeune beauté
Faite pour lui d'une main immortelle,
S'il l'aima fort, elle de son côté
(Dont bien nous prend) ne lui fut pas
    cruelle.

Cher Charleval, alors en vérité
Je crois qu'il fut une femme fidèle;
Mais comme quoi ne l'auroit-elle été,
Elle n'avoit qu'un seul homme avec elle.

Or en cela nous nous trompons tous deux;
Car, bien qu'Adam fût jeune et vigoureux,
Bien fait de corps et d'esprit agréable,

Elle aima mieux, pour s'en faire conter,
Prêter l'oreille aux fleurettes du diable
Que d'être femme et ne pas coqueter.

ÉPIGRAMME.

 N jour un curé querelloit
Un homme proche de sa femme,
Et, s'emportant fort, l'appeloit
Traître, larron, coquin, infâme.
A tout cela la bonne dame
Écoutoit et ne disoit mot.
Mais venant à l'appeler sot,
Tout soudain dans l'excès du zèle
D'une sainte dévotion,
« Ah ! messieurs, ce méchant, dit-elle,
« Révèle ma confession. »

CLXIV

ÉPIGRAMME

A UNE PERSONNE

QUI LUI DEMANDOIT UN PRÉSENT.

JE vous donne avec grand plaisir
De trois présents un à choisir.
La belle, c'est à vous de prendre
Celui des trois qui plus vous duit ;
Les voici sans vous faire attendre :
Bon jour, bon soir, et bonne nuit.

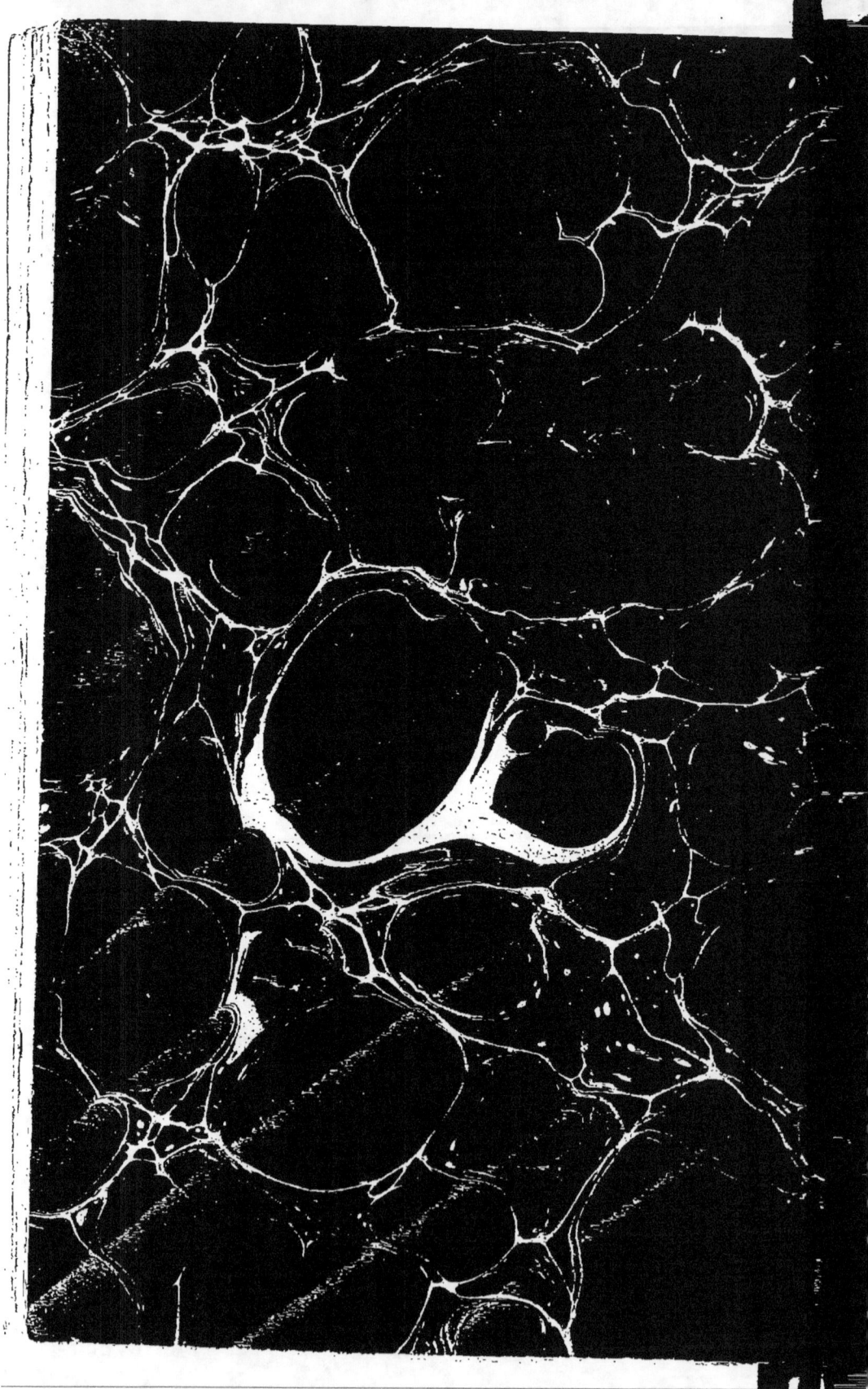

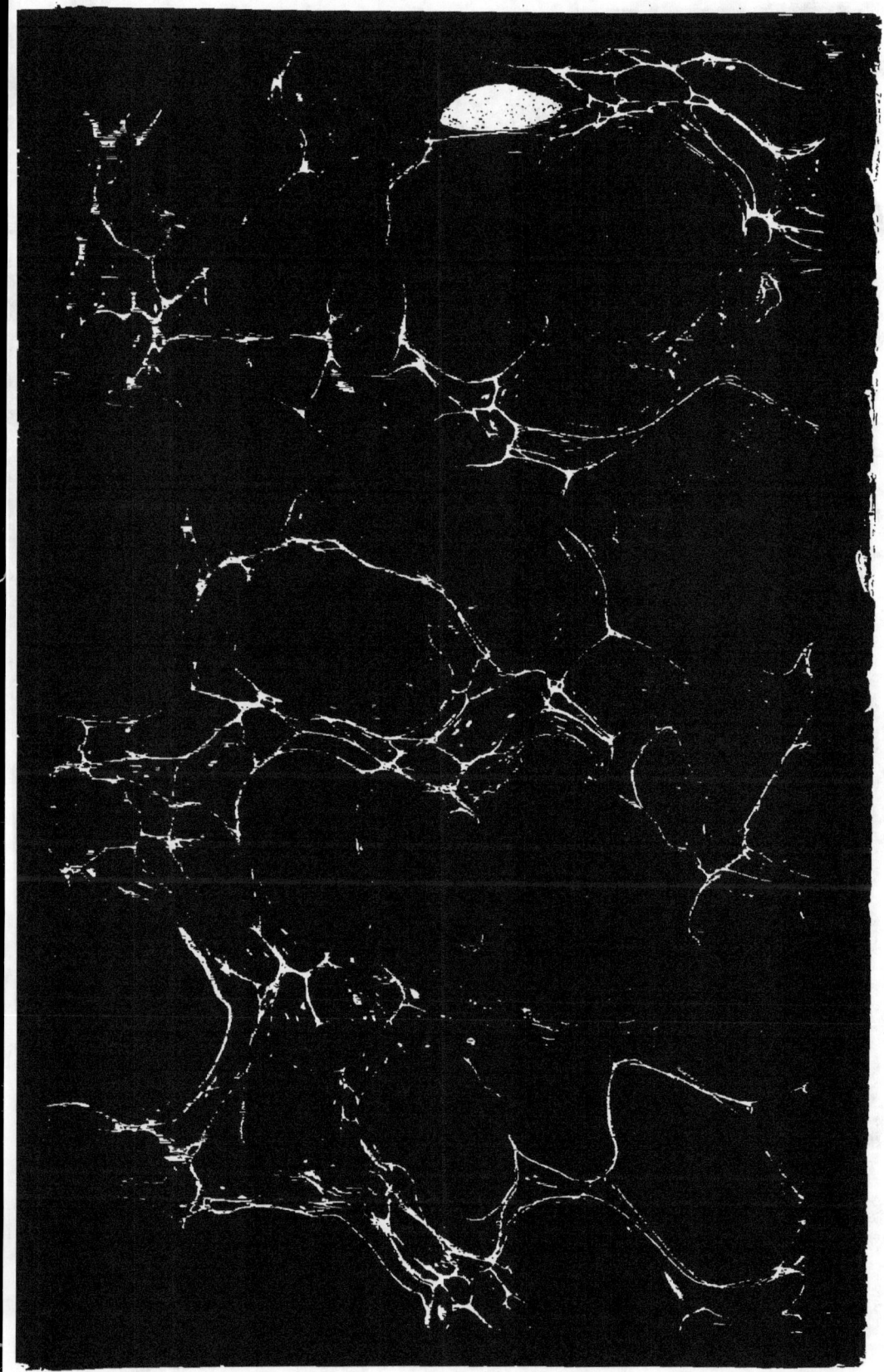